François Emmanuel
Der melancholische Mörder

SERIE PIPER

Zu diesem Buch

»Menschen umzubringen, ist nie meine große Stärke gewesen ... Hass liegt mir nicht, und wenn ich Blut sehe, wird mir schwindlig.« Wider Neigung und Natur sieht sich der gutmütige Angestellte Leonard Gründ, der in einem Ermittlungsbüro arbeitet, mit einem Mordauftrag betraut. Unauffälligkeit und Diskretion, das ist ihm klar, helfen hier nicht weiter. Um den Auftrag einfach abzulehnen, ist es zu spät. Aber richtig vertrackt wird die Sache erst, als er feststellen muss, dass der Mann, den er aus dem Weg schaffen soll, Bescheid weiß – und sich ebenso wenig wie sein potenzieller Killer erklären kann, warum er sterben soll. Gründ erkennt in seinem Opfer, dem Clochard-Philosphen Abimail Green, einen Seelenverwandten. Und so machen sich die beiden gemeinsam auf den Weg, um die Tat zu verhindern. François Emmanuel bringt alle Gattungsgrenzen ins Wanken, um uns einen philosophischen Krimi voll Hintersinn und sanftem Witz zu erzählen, der die Frage nach dem Wert des Menschen auf eine ganz eigene Weise beantwortet.

François Emmanuel, geboren 1952 in Belgien, lebt als Psychiater und Psychoanalytiker bei Brüssel. Für den Roman »Der Wert des Menschen« erhielt er 1998 den renommiertesten belgischen Literaturpreis, den Prix Victor Rossel.

François Emmanuel
Der melancholische Mörder

Roman

Aus dem Französischen von
Bernd Wilczek

Piper München Zürich

Wir danken der Communauté française Wallonie-Bruxelles
für die freundliche Förderung der Übersetzung.

Von François Emmanuel liegen in der Serie Piper vor:
Der Wert des Menschen (3413)
Der melancholische Mörder (3824)

Ungekürzte Taschenbuchausgabe
Piper Verlag GmbH, München
März 2004

Titel der französischen Originalausgabe:
»Le tueur mélancolique«,
Éditions de la Difference, Paris 1995

Umschlag/Bildredaktion: Büro Hamburg
Isabel Bünermann, Julia Martinez/
Charlotte Wippermann, Kathrin Hilse
Umschlagabbildung: Wolfgang Koethe
(»Red Baron«; VG Bild-Kunst, Bonn 2004)
Foto Umschlagrückseite: Brigitte Friedrich
Satz: Frese, München
Druck und Bindung: Clausen & Bosse, Leck
Printed in Germany ISBN 3-492-23824-6

www.piper.de

»Wir sind verwirrt und traumlos. Aber es gibt
immer eine Kerze, deren Flamme in unserer Hand tanzt.
So ist das Dunkel, in das wir eintreten, unser
immer kürzer werdender zukünftiger Schlaf.«

René Char

1

Menschen umzubringen, ist nie meine große Stärke gewesen. Was ich auch mache, ich bin und bleibe unbeirrbar gutherzig. Nicht einmal in meinen ärgsten Träumen schwinge ich Fleischermesser oder Opferdolche. Hass liegt mir nicht. Wenn ich abends in den trunkenen Augen meiner Zufallsbekanntschaften am Tisch ein blutrünstiges Leuchten sehe, suche ich mir sofort andere Gesellschaft und verschwinde dann, ohne auf mein Wechselgeld zu warten.

Sicher gibt es in meiner Vergangenheit irgendeinen verborgenen Grund für meine chronische Sanftmut. Ich sehe mich als Kind am Fuß eines blutverschmierten Tisches stehen. Mein Großvater hat gerade mit einem Axthieb die Luftröhre eines hechelnden Riesentruthahns geöffnet, und dabei sagt er:

»So ist das Leben, mein Kleiner. So ist das Leben …«

Es sieht so aus, als hätte ich mich nie an das Leben gewöhnt. In der auf das Gemetzel folgenden Nacht wirbelte ich kopflos zwischen den vier Wänden meines Zimmers umher und wachte schweißgebadet auf.

Meine Schwäche nahm damit ihren Anfang, dass ich immer Mitgefühl mit allem gehabt habe, was atmet. Wenn Fische unter den Stiefeln der Fischer ersticken, schnürt es mir den Hals zu. Wenn ich Blut sehe, wird mir schwindlig. In der Schule, bzw. als ich vernünftig wurde, habe ich sogar gelernt, die alltäglichen Grausamkeiten, derben Ausdrücke und spitzen Bemerkungen zu vermeiden, mit denen sich die Menschen gegenseitig umbringen. In der Morgendämmerung meines Lebens war ich eine empfindsame Seele, mithin ein Schwächling. Nur mit einer kleinen Erbschaft ausgestattet, versuchte ich mein Glück in der Lotterie der Infanteristen des Handels, der Versicherungsvertreter und anderer Kofferträger. Aber es ist nie meine Stärke gewesen, über die Wohltaten des Todes zu sprechen: Mit zugeschnürter Kehle zählte ich die Vorteile des Vertragsentwurfs auf, um mich dann kampflos den Argumenten meiner Gesprächspartner zu beugen und ihr Heim mit einer Art ängstlicher Erleichterung zu verlassen. Irgend etwas an alledem war zutiefst eigenartig: Warum sprach man von Lebensversicherungen, wo es sich doch um das genaue Gegenteil davon handelte, warum begleitete mein Großvater seine Schlächtereien immer mit der Floskel: so ist das Leben, mein Kleiner, so ist das Leben. Genau das ist das Rätsel meines Lebens.

Mitgenommen von derlei Missgeschicken, zog ich mich schließlich aus dem zurück, was man in jener Welt als Geschäftsleben bezeichnet, und während mein Chef den mir zustehenden Restbetrag ermittelte, murrte er:

»Das ist kein Job für Sie, mein Lieber. Sie werden es wohl nie schaffen, den Leuten die Türen einzurennen.«

Er wusste gar nicht, wie wahr er sprach. Ich habe nie verstanden, warum man den Leuten die Türen einrennen sollte, nachdem sie so viel Mühe darauf verwendet hatten, sie einzubauen. Die seine schloss ich übrigens ganz leise hinter mir. Sie war gepolstert.

Nach diesem Ausflug in die Welt des Handels antwortete ich auf einige Stellenanzeigen in der Zeitung. Eine Zeit lang konnte man mich in Livree sehen, zunächst als Museumswärter, dann, mit zwei Sternen auf meinem Käppi, am Empfang eines Hotels. Diese Tätigkeiten entbehrten nicht eines gewissen Glanzes, ich bügelte jeden Tag meine Uniformhosen, und meine Hände blieben sehr sauber. Wenn ich mich in den barocken Spiegeln betrachtete, die die Gänge der Häuser schmückten, in denen ich arbeitete, fand ich mich nicht vollkommen unwürdig. Zugegeben, ich gehörte zum Mobiliar, aber eben zum Luxusmobiliar.

Bei diesen Anstellungen handelte es sich um Saisonarbeiten. Der Überdruss stellte sich ein wie Frost im November, schleichend und ohne dass ich es bemerkt hätte. Er überkam mich immer an einem Morgen, an dem ich vergaß aufzustehen. Und auf diese Weise beendete ich bis dahin alles, was ich angefangen hatte: aus Vergesslichkeit oder aus Geistesabwesenheit, Zerstreutheit. Nicht ich bin es unbedingt, der sich ausklinkt, es ist der Lauf der Zeit, die, unerschütterlich, immer weitergeht, und das an genau jenem Tag, an dem ich eine Unterbrechung erbeten hatte. In dieser Welt kennt das Leben keine Pause, denn es mangelt einem an Geld, sobald man sich ihm nicht mehr zum Opfer bringt. Ich antwortete auf immer kleinere, elendere, mit Abkürzungen gespickte Stellenanzeigen. Eines Tages schnitt ich die folgende aus, die kaum größer war als der Nagel des kleinen Fingers:

Detektei sucht
Privatsekretär.
Diskretion erforderlich.
Guter Verdienst.
Bewerbungen unter Chiffre Nr. 23456

Wie üblich antwortete ich auf meinem guten Briefpapier, und zum Vorstellungsgespräch holte ich meinen gestreiften Anzug für besondere Anlässe, meine immer etwas zwickende Fliege und das spitz gefaltete Taschentuch hervor, mit dem ich das Futter der Brusttasche kaschierte, das gern herausschaute.

Die Adresse lautete Swamp Street, im sechsten Stock eines altmodischen Gebäudes mit zwei wiehernden Pferden als Wasserspeier über dem Eingang. Der Mann, der mich dort eingehend musterte, hieß Anatol Stukowski. Er war ungeheuer fett, und in seinem runden Mund steckte eine riesige Zigarre. Während er mir zuhörte, formte er mit dem Rauch der Zigarre Ringe, große, nachdenkliche Ringe, die sich wie weiche Seifenblasen verformten und sich dann in den nach unten geöffneten kleinen Schirmen des Leuchters fingen. Trotz seines grobschlächtigen Aussehens hatte der Mann freundliche Augen, mit denen er bei mir besagtes Maß an Diskretion erkannte, das er angeblich schon seit langem suchte.

Mit trockenem Humor schloss er:

»Ein Mann, dem seine Fliege den Hals zuschnürt, kann so übel nicht sein.«

Dann räusperte er sich und fügte hinzu:

»Sie fangen am Montag an.«

Die Arbeit war zum großen Teil sonderbar. In einer als Büro bezeichneten kleinen Abstellkammer sitzen, einen Brief tippen, eine Telefonnotiz machen, die Zeitung kaufen und gleich Zigarren mitbringen. Zwischen diesen sehr anstrengenden Erledigungen musste ich mich durch das Oval des Dachfensters über die Farbe des Himmels informieren, und durch dieselbe Öffnung musste eine auf den Dächern lebende Katze namens Gladys gefüttert werden, die zu festen Zeiten kam, um sich ihr löwenartiges Fell kraulen zu lassen und ihre Essensration zu erbetteln. Die grünliche Helle links der Dachluke rührte von der Glastür meines Chefs her. Von dort hörte man auch, wie er mit seiner rauen Stimme bedächtig schwadronierte. Die Klienten und Klientinnen redeten immer sehr leise. Ihre Schatten schienen wie von einem entfesselten Expressionisten hinter durchscheinende Glasstücke gemalt.

Die Geheimnisse, die in diesem Alkoven ausgetauscht wurden, waren nicht allzu schwer zu erraten. Es ging um Nachforschungen, gestohlene Terminkalender, schmerzliche Verdachtsmomente: Bisher hat mein Mann nie Parfüm aufgetragen, Mr. Stukowski, wirklich nie … Und jetzt verirrt er sich in der Abteilung für Damenwäsche … Sie können mir doch wohl nicht erzählen, dass die Pfarrgemeinderatssitzungen bis fünf Uhr morgens dauern … Natürlich nicht, stimmte der dicke Detektiv zu. Und er pustete einen ganzen Schwall Ringe aus, während er fürsorglich wie ein Vater brummte, der weiß, was läuft.

Außer seinen Klienten und Klientinnen kamen von Zeit zu Zeit auch »Informanten« ins Büro, die über die Ergebnisse ihrer Beschattungen Bericht erstatteten und Fotomaterial beibrachten. Darunter ein gewisser Jack Smell mit seiner schroffen Stimme und eine lange Latte namens Zeno. Beides finstere und abgemagerte Gestalten, die ich immer im Türspalt oder auf dem Treppenabsatz im sechsten Stock sah.

Das eigentliche Rätsel all dessen jedoch betraf meine eigene Anwesenheit. Auch wenn ich nur vormittags zwischen 9 und 13 Uhr da sein musste, gab es praktisch überhaupt keine Arbeit, die sie rechtfertigte. Die wenigen zu schreibenden Briefe waren kurz und ausschließlich in geschäftsmäßigem Ton gehalten: *Nach Abschluss der Arbeiten überweisen Sie bitte einen Betrag in Höhe von ... Seien Sie versichert, dass wir keinen Aspekt des Problems unberücksichtigt lassen ...*

Manchmal steckte ich die Teile eines Dossiers in den Schlitz eines eigenartigen, gefräßigen Geräts, das ein heftiges vibrierendes Geräusch erzeugte. Die Aufgabe von KOMPILATOR, so der Name der Maschine, der in dicken Buchstaben auf dem Messinggrund stand, bestand darin, aus dem Papier unzählige unleserliche Schnipsel zu machen. In seiner maßlosen Gefräßigkeit verschlang er auch die Fotografien, insbesondere die Gesichter, was mich irgendwie nervös machte.

Gegen Mittag öffnete Stukowski die Glastür und leitete so den Rauch aus seinem Büro in meines über. Dann unterhielten wir uns träge miteinander, ohne uns zu sehen. Er erzählte mir oft, was er am Vortag gegessen hatte, nannte die Adresse des Restaurants und schilderte mir die Wechselfälle der Verdauung. Manchmal machte er sich auf meine Kosten einen Spaß, indem er mich mit intimen Fragen in Verlegenheit brachte:

»Gründ, sagen Sie mal ehrlich, wie viele Frauen hatten Sie schon im Bett?«

Ich dachte mir auf die Schnelle eine Antwort aus, die glatt genug war, damit er nicht weiter nachbohrte.

»Die Frauen bringen mich fast vollkommen um den Verstand, Mr. Stukowski. Ich vergesse darüber, sie zu zählen.«

Er grunzte in seinen Rauch hinein, dann setzte er behutsam zu einer neuerlichen Attacke an:

»Welches ist die Lieblingsphantasie eines Mannes, wie Sie einer sind, Gründ?«

»Allein auf dem Bug eines Schiffes, Mr. Stukowski.«

Das war ein Rilke-Vers.

»Ich meinte Phantasie, Gründ. Sexuelle Phantasie.«

»Würde ich Sie Ihnen verraten, wäre sie es nicht mehr, Mr. Stukowski. Und manchmal brauche ich sie eben.«

Der dicke Mann lachte leise.

»Sie sind ganz schön schlagfertig«, räumte er ein. Das Geräusch zerknüllten Papiers beendete das Verhör. Schmatzlaute ließen darauf schließen, dass er soeben sein erstes Hackfleischsandwich angebissen hatte. Seine Essgeräusche wurden unterbrochen von langen Schlucken Saint-Amour, den er aus der Flasche trank, als würde es sich um einen billigen Rotwein handeln. Gegen ein Uhr öffnete ich seine Tür, um mich zu verabschieden. Normalerweise lümmelte er, die Beine weit von sich gestreckt, die Brotkrümel auf seiner Serviette verteilt, in seinem Sessel. Er schnarchte mit offenem Mund.

Über seinem Kopf umgaben die Blumenmuster der Tapete eine Karte der Vereinigten Staaten von Amerika mit Wahlspruch und Sternenbanner. Auf dem Kamin dienten zwei Posaune spielende Engel aus Pappmaché als Buchstützen, und in der Ecke wackelte beim Vorbeifahren des Busses ein kleiner Rahmen mit der Inschrift:

DISKRETION ist unser BERUF.
Nach Abschluss der Ermittlungen werden die Akten vernichtet.

Obwohl die Person meinen Widerwillen erregte, wehrte ich mich nicht wirklich gegen die Art von Vertraulichkeit, die er partout zwischen uns herstellen wollte. Stukowski war mir wegen meiner zurückhaltenden Manieren und auch dafür verbunden, dass ich ihm scheinbar respektvoll den Spiegel vorhielt. Mal zog er mich gern ein wenig auf:

»Na so was, Gründ, die Flügel Ihrer Fliege hängen heute ein wenig schlapp herunter. Haben Sie vielleicht wieder die ganze Nacht durchgemacht?«

»Nein, ich habe geschlafen, Mr. Stukowski.«

Dann verhielt er sich mir gegenüber wieder sehr aufmerksam:

»Sagen Sie mal, Gründ, was denkt ein Mann wie Sie über die Autokrise?«

»Ein Dauerzustand, Mr. Stukowski.«

»Und die Aussichten?«

»Mittelmäßig.«

»Wenn Sie es sagen.«

Auch andere große Themen waren Gegenstand unserer

Unterhaltungen: die Gesellschaft, die Freiheit, die Demokratie… Meine Antworten fielen immer bescheiden aus:

»Das sind wirklich große Worte, Mr. Stukowski. Schon indem man sie ausspricht, ertränkt man sie in Banalität.«

»Nicht schlecht…«, sagte er anerkennend nach einem längeren, nachdenklichen Schweigen.

Infolge derlei Beurteilungen kletterte ich langsam in der Hierarchie nach oben. Vom einfachen Sekretär wurde ich zum persönlichen Referenten befördert, vom Gehilfen zum Beauftragten, und in Anwesenheit Dritter bezeichnete er mich sogar als seinen »geschätzten Berater«.

»Smell, ich habe Ihnen noch nicht meinen geschätzten Berater vorgestellt. Kommen Sie, Gründ, schütteln Sie unserem brillantesten Schnüffler die Flosse.«

Und während sich besagte düstere Gestalt namens Jack Smell, der schmutzige kleine Aufträge für Stukowski erledigte, kaum von seinem Sitz erhob, um mich zu begrüßen, beobachtete der Chef mit spöttischem Blick unseren flüchtigen Händedruck.

Mit der Zeit wurde Stukowski sogar richtig herzlich, genauso herzlich, wenn nicht sogar noch herzlicher als zu der kleinen Gladys, die jeden Tag um elf ihr Futter erbettelte. Er entlohnte mich großzügig, nahm plötzlich Anteil an meinen abgelaufenen Schuhen oder an meinem abgewetzten Mantel.

»Ich habe etwas mehr als Ihren Monatslohn überwiesen, Gründ. Nehmen Sie es mir nicht übel, aber ein Mann wie Sie muss darauf achten, dass er sich standesgemäß kleidet…«

Ein Mann wie Sie, standesgemäß kleiden: dieses schmeichlerische Gebaren hinterließ schließlich seine Spuren. Ich sah gewiss nichts Schlechtes darin, es erregte nicht mein Misstrauen.

Die Gegenleistung wurde bald fällig. Um mir ein wenig Abwechslung bei meiner Arbeit zu verschaffen, wie er sagte, und weil ich sein Vertrauen gewonnen hatte, betraute mich Stukowski bald mit kleinen Gefälligkeiten, kleinen, scheinbar harmlosen Erledigungen, einfachen und geheimnisvollen Aufgaben, bei denen mir meine Diskretion hervorragend zupass käme.

»Diskretion, Gründ, Sie sehen, was ich meine ...«

Nein, außer den etwas zu eindringlichen, etwas zu hypnotischen Augen meines Chefs und der Tafel *DISKRETION ...*, die in ihrer Ecke vibrierte, sah ich gar nichts.

Die Arbeit bestand darin, die Straßenbahn bis Charles Street zu nehmen, die Allee mit den Ulmen entlangzugehen und vor dem Spielplatz zu warten. Ein Mann mit einem dunkelbraunen Ledermantel und einem Panamahut derselben Farbe würde sich neben mich setzen. Er würde seine Zeitung aufschlagen und wenige Augenblicke später eine zweite Zeitung auf der Bank liegen lassen. Meine Aufgabe bestand darin, diese Zeitung mit ins Büro zu bringen. Natürlich ohne sie aufzuschlagen.

»Das ist doch kinderleicht, Gründ, oder?«

»Wenn Sie es sagen, Mr. Stukowski.«

Alles lief wie geplant. Ein kalter Winterwind pfiff über den leeren Spielplatz. Der Mann mit dem dunkelbraunen Panamahut war eine genauso finstere Gestalt wie Jack

Smell. Die Zeitung titelte: *Geheimnisvolles Trio* … Auf der Rückfahrt im Bus befiel mich das merkwürdige Gefühl, jetzt zu der anrüchigen kleinen Welt dazuzugehören, die unscheinbar, mit grauem Gesicht und anscheinend ziellos auf allen Straßen der Stadt unterwegs war. Stukowski nahm die Zeitung kommentarlos entgegen. Er betraute mich noch mit anderen kleinen Arbeiten, und ich hatte nicht den Mumm, sie abzulehnen. Sie waren immer kinderleicht zu erledigen.

Einen Koffer zur Gepäckaufbewahrung bringen, die Uhrzeit der Ablösung des Schalterbeamten notieren und auf dem schnellsten Weg wieder zurückkommen.

Aus einer Telefonzelle die Nummer 275476 anrufen, dreimal klingeln lassen, den Vorgang jede Viertelstunde wiederholen, bis jemand abnimmt. Fragen, ob man mit Silberstein spricht. Man wird nicht mit Silberstein sprechen. Wieder auflegen.

Einen Strauß roter Pfingstrosen abholen und in der Hume Street Nr. 33 abgeben.

»Nehmen Sie sich in Acht, Gründ. Die Dame, die Ihnen öffnet, ist eine sehr unternehmungslustige junge Person. Halten Sie sich nicht zu lange bei ihr auf. Sie darf sich nicht an Sie erinnern.«

»Dieser Auftrag kommt mir etwas … technisch vor, Mr. Stukowski.«

»Kindisch. Sie sind Angestellter der Blumenhandlung.«

»Und warum rote Pfingstrosen?«

»Stellen Sie keine dummen Fragen.«

Die Dame in der Hume Street Nr. 33 war entzückt über ihre Blumen und hätte gern mehr über den Absender des

Straußes gewusst. Sie hatte vor Aufregung gerötete Wangen und hübsche, mandelförmige Augen, die ein leichtes Bedauern darüber ausdrückten, dass ich wieder fortging.

»Ich würde mich lieber wieder auf reine Sekretariatsarbeiten beschränken«, teilte ich Stukowski mit.

Er zog an seiner Zigarre, ohne zu antworten. Noch am selben Abend lud er mich zum Essen in ein Restaurant ein.

Als ich ihm in dem chilenischen Grill-Restaurant in Back River gegenüber saß, war der Mann ein wahres Monster an Gefräßigkeit. Er bestellte Fleisch, Fleisch und nochmals Fleisch: geschmorten Schinken, gefüllte Pasteten und andere Fleischwaren. Das alles begleitet von schwerem Wein und ebenso feierlichen wie schwerfälligen Verlautbarungen über unsere ach so wunderbare Zusammenarbeit. Der Wein trug dazu bei, dass er seinen Gürtel zwei Ösen weit öffnete und mich lauthals ins Vertrauen zog: Sie können es drehen und wenden, wie Sie wollen, Gründ, nur Negerinnen sind gut im Bett … Man muss sich ordentlich den Bauch damit vollschlagen, solange es noch Zeit dazu ist … Weitergehen oder verrecken, fressen oder gefressen werden. Schauen Sie sich dieses Glas genau an, Gründ, Sie fügen noch die Muschi der Frauen hinzu, und Sie halten das ekstatische Konzentrat der Substanz dieser Welt in Händen. Es ist besser, das Zitat an diesem Punkt abzubrechen. Im Schein der getönten Lampe wölbten sich die riesigen purpurroten Lippen meines Chefs vor. Als er damit begann, mir in wahlloser Reihung von den Bordellen in Saigon und den Massengräbern in Da Nang zu erzählen, stellte er fest, dass ich sehr bleich sei. Und als wir an jenem Abend auseinander gingen, begriff ich, dass ich mich nicht als Gegenüber für diese Art lüsternen Fleischfresser eignete. Ich wusste es übrigens von Anfang an, aber ich bin unverbesserlich, ich nehme ein Boot, um einen Fluss hinauf zu fahren, obwohl ich eigentlich an den Ufern eines anderen Flusses entlangfahren müsste. Die Reisedokumente sind fast dieselben, doch niemand hat mich auf den kleinen Unterschied aufmerksam gemacht. Aus Taktgefühl, aus Angst zu stören, folge ich weiterhin dem Flusslauf, der mich in die falsche Richtung führt. Es bedurfte des verpesteten Atems von Stukowski im chilenischen Grill-Restaurant von Back River, damit ich mich endlich dazu entschloss, an Land zu gehen. Aber obwohl mein Entschluss gefasst war, schob ich immer wieder den Zeitpunkt hinaus, ihn mitzuteilen.

Als hätte er geahnt, was ich beabsichtigte, verhielt sich der dicke Mann noch liebenswerter, wagte sogar, mich am Ende seines Satzes dezent bei meinem Vornamen anzusprechen. Und er bot mir keine Sonderaufträge mehr an. Mein Leben als persönlicher Referent verlief wieder in ruhigeren Bahnen: den Brief tippen, die Katze füttern, der Kompilator und zu guter Letzt, durch die leicht geöffnete, vom Rauch blau beschlagene Tür hindurch, der Vortrag über die Welt.

An einem solchen Mittag nahm er mich mit seiner lauten Stimme ganz beiläufig und sanft an den Haken:

»Sagen Sie mal, Gründ, haben Sie schon einmal jemanden getötet?«

»Wie bitte?«

»Getötet.«

»Ich bin mir nicht sicher, ob ich Ihre Frage richtig verstanden habe, Mr. Stukowski …«

»Haben Sie schon einmal einen Menschen getötet?«

»O nein … Nicht dass ich wüsste …«

»Sie haben recht, dass Sie vorsichtig sind. So etwas kann ganz schnell passieren …«

Das zerknüllte Papier und die Kaugeräusche lenkten zum Glück vom Thema ab.

»Was wollen Sie damit sagen, Mr. Stukowski?«

»Lassen Sie diesen ängstlichen Ton, Gründ, wir unterhalten uns doch nur, mehr nicht …«

Als ich an diesem Tag Schluss machte, war er noch nicht eingeschlafen. Er hob träge ein Lid, und sein großes Auge im Schein der untergehenden Sonne verfolgte mich bis zum Abend, schlich sich, eingefasst in ein Dreieck, wie das Monokel Gottes, in meinen Traum ein.

2

Durch eine Art Schicksalsfügung wählte Helena J. Lawson genau diesen Moment, um in mein Leben zu treten. Bemerkenswerterweise kam sie auf Stukowskis Seite herein. Die durchsichtige Glastür, hinter der ein ganzes Volk von Klienten zitterte, öffnete sich eines Morgens ganz weit. Die Stimme des Chefs tönte:

»Helena, ich möchte Ihnen jetzt meinen ausgezeichneten Berater Leonard Gründ vorstellen. Kommen Sie, Gründ, zieren Sie sich nicht, ich möchte, dass Sie meine Geschäftspartnerin kennenlernen. Sie kommt mit Sack und Pack direkt aus Louisville, Colorado. So ein Ereignis muss gefeiert werden ...«

Helena Lawson saß wie eine Pianistin, bevor sie die erste Note eines unvergesslichen Konzerts spielt, mit abgeknicktem Handgelenk und in der Luft hängender Hand auf dem für die Klienten bestimmten Sessel und betrachtete mich regungslos. Sie hielt mir ihre wegen der spitzen Nägel etwas scharfen Fingerspitzen hin. Ein langer schwarzer Mantel fiel in symmetrischen Falten von ihren Schultern auf den Sessel. Daraus schauten zwei übereinandergeschlagene Beine in Nylonstrümpfen hervor, deren feine, verschnörkelte Muster an große Porzellanvasen in Museen erinnerten.

Sie muss ein paar Jahre älter gewesen sein als ich. Ihr Gesicht war dezent geschminkt, und im Verbund mit ihrem dunkelroten Lippenstift verwandelte ihr schweres Parfüm das Büro in einen Weinkeller: ein Hauch von Blumen und pürierten Himbeeren.

In dieser Duftwolke war Stukowski ganz in seinem Element. Mit einem sauberen Taschentuch putzte er drei Stielgläser aus und goss, begleitet von Glücksgrunzern und affektierten Gebärden, eine gelbliche, schäumende, prickelnde Flüssigkeit hinein.

Nachdem sie ihr Glas in der Hand hielt, erschloss sich schließlich der Sinn von Helena Lawsons Handhaltung. Sie drehte sich zu mir:

»Sagen Sie mal ehrlich, ist die Zusammenarbeit mit Mr. Stukowski wirklich so aufregend, wie er zu verstehen gibt?«

»Wenn er es sagt …«

»Das ist keine Antwort auf meine Frage.«

»Mr. Stukowski liebt es, mich immer wieder zu überraschen. Um die Mittagszeit versuchen wir manchmal, uns gegenseitig aufs Glatteis zu führen …«

Der Dicke grunzte ein wenig. Helenas Augen begannen zu glänzen, ihre Lippen öffneten sich leicht:

»Es gibt eben Menschen, die alle Arten von Spielereien lieben«, sagte sie sanft. Ich glaube, sie bemerkte, wie ich errötete.

Das war unser erster Wortwechsel, der gleich vom kehlig klingenden Lachen des Chefs unterbrochen wurde, der darauf bestand, dass wir die Flasche leerten. Im perlenden

Champagner verschwammen schon bald die Blumenmuster der Tapete, die Posaune spielenden Engel und die zotigen Scherze unseres Gastgebers. Reglos inmitten dieses Tumults blieb nur das Bild von Helena Lawson, die ihre Beine übereinanderschlug und dann wieder nebeneinanderstellte, während sie den Stiel des Glases lässig zwischen den Fingern hielt wie eine desillusionierte Prinzessin eine billige Perlenkette. Als wir uns verabschiedeten, spitzte sie die Lippen und versicherte mir, mich *reizend* gefunden zu haben.

Ich wusste nicht, ob es ehrlich gemeint war. Bis zu diesem Tag dachte ich, nicht für diese Sorte Frau gemacht zu sein. Ich bin weder Motorradfahrer noch Stierkämpfer. Der eindringliche Blick Helena Lawsons schmerzte einen Moment lang wie eine Frage, die ich mir nie gestellt hatte.

Unsere zweite Begegnung fand auf dem Treppenabsatz in Stukowskis Gebäude statt, an einem Tag, als der Aufzug nicht funktionierte. Ich war gerade im dritten Stock, als ich eine Tür quietschen hörte.

»Mr. … Groom, wären Sie so freundlich, mir einen kleinen Gefallen zu tun?«

In ihrem himmelblauen Morgenmantel erstrahlte sie im Türrahmen. Es war ihre schöne raue Stimme mit dem Colorado-Akzent.

»Ich stehe ganz zu Ihrer Verfügung …«

Die Arbeit bestand darin, einen in der Diele hängenden Spiegel zu verrücken und ihn so lange wie möglich an dem für ihn bestimmten Platz zu halten, um herauszufinden, ob er dorthin passte. Der Spiegel mit seinem Rahmen aus vergoldetem Stuck war sehr schwer, so dass ich es kaum schaffte, ihn mit ausgestreckten Armen zu halten. Und während sich meine Wange gegen das Glas presste, gab Helena, die kerzengerade dastand, behutsam Anweisungen.

»Ein bisschen weiter links. Ein bisschen höher. Sie halten ihn nicht ganz gerade … Warten Sie …«

Wie ein ans Kreuz Geschlagener und kurz vor einem Muskelkrampf, war ich der Sklave von Helena Lawsons Unschlüssigkeit. Wenn ich ein Auge öffnete, konnte ich ihr durch den gegenüber hängenden Spiegel vervielfältigtes Gesicht sehen. Mir scheint, dass dieser Augenblick alles sagte. Helena feuerte mich an: weiter links, noch ein bisschen weiter links … und ich wusste nicht, ob ich gemeint war oder der Spiegel oder mein Spiegelbild. Sie geriet in Ekstase: einen Augenblick noch, nur noch einen kleinen Augenblick, Sie sind wunderbar … Und ich fragte mich, ob von mir oder von ihr die Rede war, die in ihrer ganzen Schönheit genau in der Mitte des Rahmens stand. Schließlich rief sie aus: Das hätten wir, so ist es schön … Und ich sah mich selbst, wie ich schwankend und mit angespannten Muskeln das riesige Gebäude ihrer Schönheit hielt.

Diese warnenden Bilder verdrängt man nur allzu schnell. Das Schicksal vergisst sie, ohne mit der Wimper zu zucken, so als seien sie nicht mehr als Hinweise auf einen nicht richtig geschlossenen Koffer. Die ersten Worte, die Stukowski an mich gerichtet hatte, waren: ein Mann, dem seine Fliege den Hals zuschnürt … Aber wieso: den Hals zuschnüren? Das hätte sofort mein Misstrauen wecken müssen.

»Kommen Sie doch in die Küche, nach dieser Anstrengung haben Sie sich einen Tee verdient«, hauchte Helena.

Der Tee schmeckte nach Jasmin. Sie fixierte mich mit ihren schwarzen Augen, vor allem während sie die Tasse an die Lippen führte. Allmählich kam ich wieder zu Atem.

»Ich werde zu spät bei Mr. Stukowski sein«, sagte ich.

»Machen Sie sich keine Sorgen«, beruhigte sie mich. »Stuki wird Ihnen diese Verspätung nicht übel nehmen. Um ehrlich zu sein, es ist ihm nicht wirklich wichtig, ob Sie da sind oder ob Sie nicht da sind. Wie soll ich es Ihnen erklären? Stuki mag es, immer jemanden in seiner Nähe zu haben, der zurückhaltend und ruhig ist. Letztlich geht es ihm um die Nähe eines Menschen. Er braucht nicht gerade jemanden, der noch mehr Schatten wirft als er selbst. Es ist irgendwie eine psychoanalytische Geschichte. Um Ihnen die ganze Wahrheit zu sagen, Mr. Stukowski ist der Überlebende eines Zwillingspaares, der Zwillingsbruder ist an Blutmangel gestorben, Stuki hatte alles abgesaugt, Sie kennen ihn ja: Er ist in allem unmäßig. Seit diesem Missgeschick jedoch fühlt er sich immer ein wenig einsam, er mag die Gesellschaft eines Alter Ego, eines Vertrauten, der ihn ablenkt. Und wenn der nicht zur Verfügung steht, dann erfindet er ihn und führt Selbstgespräche mit ihm, ohne dass er körperlich anwesend sein müsste.«

»Ich bin also nicht besonders nützlich …«

»Sehr sogar. Sie tragen zu seinem inneren Gleichgewicht bei. Dank Ihnen pflegt er sein Schuldgefühl und vielleicht auch seine Bulimie. Das eine hat seinen Ursprung im anderen, das ist einfach und kompliziert zugleich. Wir alle müssen irgendwelche Geister mit durchfüttern. Nein, nehmen Sie es ihm nicht übel, ich wollte Ihnen damit nur sagen, dass Sie ruhig von Zeit zu Zeit mal krank sein oder ein wenig zu spät kommen dürfen. Wichtig ist nur, dass Sie sich so geben, wie Sie sind, und ich bin mir sicher, dass Sie es tun. Als wir gestern über Sie sprachen, vertraute er mir an: *eine wirklich seltene Perle.*«

Diese letzten Worte hatte sie mit schmeichelnder Stimme ausgesprochen.

»Sie scheinen ihn ja gut zu kennen«, sagte ich. »Gehören Sie zu seiner Familie?«

»Ja und nein«, antwortete sie vielsagend.

Wir standen bereits auf der Türschwelle. Bevor wir auseinandergingen, trat sie ganz nah an mich heran, um meine Fliege zurechtzurücken. Die hatte beim Umhängen des Spiegels sehr gelitten. Sie beugte sich darüber wie über einen Jungvogel, dessen Flügel man ausbreitet, um nachzusehen, ob er verletzt ist. Einen Moment lang herrschte eine eigenartige, vom schweren Parfümgeruch noch verstärkte Verwirrung, dann warf sie sich wie eine Tango-Tänzerin zurück und hielt meinen Lippen ihren Handrücken zum Kuss hin. Ich wäre beinahe aus dem Gleichgewicht geraten.

»Diese wenigen Momente, die ich in Ihrer Gegenwart verbringen durfte, haben meine Stimmung gehoben, Mr. Gründ. Bis ganz bald.«

Stukowski bemerkte meine Verspätung tatsächlich nicht. Seine riesige Silhouette, die sich hinter der Glastür bewegte, flößte mir mit einem Mal Angst ein, ganz besonders der Gedanke daran, dass ich mit diesem Mann früher einmal, in einer warmen Höhle, freundschaftlich Vertraulichkeiten ausgetauscht hatte. Er öffnete seine Tür um Punkt zwölf Uhr.

»Was halten Sie von Helena?«, erkundigte er sich nach einem langen Schweigen.

»Sie ist eine wahre Dame, Mr. Stukowski.«

»Eine Dame«, erklang es wie ein Echo.

Und dann:

»Gründ ...«

»Ja ...«

»Wäre es Ihnen unangenehm, eine Dame durch eine Stadt zu führen, die sie nicht kennt? Ihr Saint-Patrick, Red-Line und einige neobarocke Fassaden zu zeigen. Nette Sachen eben, die den Damen die Langeweile vertreiben und der Unterhaltung mit ihnen Glanz verleihen ...«

»Wenn Sie mich darum bitten, Mr. Stukowski.«

3

Ich bin nie ein Gleichgewichtskünstler gewesen. Aus Mangel an Masse und Gewicht erliege ich dem Einfluss aller Anziehungskräfte des Abgrunds, der die Herzen, diese wankelmütigen Planeten, voneinander trennt. Als mir Helena, schick und souverän, wie sie war, ihren Arm bot, damit ich sie zum Tiny Market, in den Schlund des Angel Circle oder ins Neonlicht des Jingolee Drive begleite, musste ich meine ganze Energie aufbringen, um mich kerzengerade zu halten und nicht meinen Kopf in Richtung ihres schweren Parfüms, ihrer Haare, die der Wind über meine Wange streichen ließ, und ihrer gesäuselten Schmeicheleien sinken zu lassen:

»Sie sind ein wunderbarer Führer, Mr. Gründ. An Ihrer Seite fühlt sich eine Frau wie eine Beifahrerin in einem Seitenwagen. Unter unseren Schritten öffnet sich die Stadt wie ein Buch. Wäre ich zweihundert Jahre früher geboren worden, hätte ich Sie zu meinem Kutscher gemacht ... Nein, zu meinem Begleiter ... Nein, zu meinem Burschen ...«

Sie prustete los.

»Zu meinem Ehemann ..., ganz sicher zu meinem Ehemann, Mr. Gründ. Genau wie diese Fassaden sind Sie ein reizender Anachronismus.«

Ich hielt mich am Geländer fest und fragte mich, ob schon irgendwann einmal, vielleicht im Zeitalter Ludwigs XIV., irgendwo eine Frau einem Mann in dieser Art und Weise ein Angebot gemacht hat.

In Yellow Needle lag ein Geruch von Heizöl und französischem Parfüm in der Luft, und diese Mischung brachte die Nasenflügel meiner Begleiterin zum Beben. In der Eingangshalle von Saint-John richtete sie ausgiebig ihre Frisur, einen anthrazitfarbenen Chignon. Gegen Mittag begann ein Nieselregen auf die Steinplatten der Gloucester Avenue niederzugehen, und sie rollte ihre Kleinmädchenaugen:

»Meeresfrüchte, Mr. Gründ. Ich habe ungeheure Lust auf Meeresfrüchte. Führen Sie mich ins Hafenviertel. Wenn wir erst einmal dort angekommen sind, verlassen wir uns auf meine Nase ...«

Es hat mir schon immer geradezu körperliche Schwierigkeiten bereitet, dieses wabbelige Schalengetier zu schlucken, da ich dabei das Gefühl habe, mein nach Salzlake schmeckendes Zäpfchen zu verschlingen. Aber Helena hatte das Kommando übernommen. Und somit saßen wir schon bald vor einer mit Venusmuscheln, Austern und Jakobsmuscheln gefüllten Schüssel, einem Kerzenständer aus Koralle mit dazugehöriger Kerze und einer länglichen Flasche, die die Aufschrift Donafugata trug. »Machen Sie doch nicht so ein verdrießliches Gesicht, Mr. Gründ«, hauchte sie und schob dabei die Unterlippe vor, »es ist ein Geschenk des Ozeans.« »Aber ein nicht für mich bestimmtes«, antwortete ich, »denn ich bin schon seit langem dagegen allergisch.« Sie zuckte mit den Schultern, und ohne mich noch eines Blickes zu würdigen, gab sie sich genüsslich der gallertartigen Symphonie hin. Da zwischen ihren Glucksern des Wohlbefindens einige Momente der Stille eintraten, hielt ich den Augenblick für geeignet, sie besser kennenzulernen:

»Eine Frage brennt mir auf der Zunge …«

»Nur zu, Mr. Gründ, Sie brauchen sich keine Zurückhaltung aufzuerlegen …«

»In was für einem verwandtschaftlichen Verhältnis stehen Sie zu Mr. Stukowski?«

Sie senkte ihre schönen Augen mit den langen schwarzen Wimpern.

»Ich bin seine Schwiegertochter, Mr. Gründ.«

Ich rang ein wenig nach Atem.

»Und Ihr Mann ist in Louisville geblieben?«

»Er ist in der Nähe der puertoricanischen Küste untergegangen.«

»Das tut mir Leid …«

Ein Engel schritt durch den Raum. Im Spiegelbild des Fensters konnte man sehen, wie ein Argentinier sein Bandoneon aus dem Koffer packte und ihm einen anhaltenden Schwall eigenartiger Musik entlockte, die so klang, als würde man sich räuspern. Helena schaute abwesend drein und stocherte mit der Gabelspitze in der Schüssel mit den Venusmuscheln herum. In diesem Augenblick schien es mir, als sei dies alles eine furchtbare Tragödie und eine unglaubliche Lüge zugleich. So war diese Frau, sie ließ einen an allem zweifeln. Im übrigen kam mir der Ausdruck *un-*

tergehen immer schon unvollständig vor. Es sei denn, sie wäre mit einem Schiff verheiratet gewesen. Sie wechselte das Thema:

»Hätten Sie Lust auf einen kleinen Teller Seeigel?«

»Eine gute Idee.«

Hinter der Scheibe schlug ein dicker Mann in einer weißen Schürze die stachelige Schale mit einem einzigen kräftigen Beilhieb in der Mitte entzwei.

»Woran erkennt man den Unterschied zwischen einem männlichen und einem weiblichen Seeigel, Mr. Gründ?«

»Ich weiß es nicht.«

»Die Weibchen schmecken immer ein wenig schärfer. Und sie sind bläulich, die hübschen ... Man muss sie bei zunehmendem Mond sammeln.«

Ich kratzte das Innere einer Schale aus und versuchte den kleinen schleimigen Stern auf der Zunge zu halten.

»Wissen Sie, was wir da essen?«

»Nein.«

»Die Geschlechtsorgane.«

Ihre dunklen Augen verschlangen mich. Der Akkordeonspieler, der uns für ein Liebespaar gehalten hatte, trat an uns heran, um seine laue Romanze zum Besten zu geben.

»Aus welcher Stadt stammen Ihre Vorfahren, Mr. Gründ?«

»Wien.«

»Darauf hätte ich wetten können.«

Sie rief dem Musiker ganz aufgeregt zu:

»›Der dritte Mann‹, kennen Sie das?«

Der Argentinier hörte auf der Stelle zu spielen auf. Nein, er schien es nicht zu kennen.

»Dann eben einen Wiener Walzer ...«

Er kannte zwar einen, aber das war kein Wiener Walzer. Das einzig Wienerische, das er kannte, ging schließlich in einen Tangorhythmus über. Trotzdem versuchte er es und spielte einen Dreivierteltakt an, wobei er im Rhythmus von einem auf den anderen Fuß trat und sie den Kopf verträumt hin und her wiegte. Und ich sagte mir, dass es zwischen Anatol Stukowski und mir einen dritten Mann geben musste. Einen dritten, und vielleicht sogar noch mehr, einen ganzen Schwarm schöner, leidenschaftlicher und muskelbepackter Männer. Ich würde immer nur der Kutscher der Dame sein.

»Ich liebe«, rief sie, halb betrunken, aus. »Ich liebe Wien. Ich liebe Ihre für die Männer vom Alten Kontinent typische Art. Sie werden sich damit abfinden müssen, dass ich Sie einfach Leonard nenne.«

Als wir auf die Straße traten, wurde mir schwindelig. Und das kam ganz und gar ungelegen, denn jetzt wollte sie ihn auch noch tanzen, diesen Wiener Walzer, und das nicht etwa an irgendeinem beliebigen Ort, nein, in einem spiegelverkleideten Salon. »Kommen Sie, Leonard, machen Sie nicht so ein Gesicht, Sie werden mir doch nicht erzählen wollen, dass es in dieser Stadt keinen Ort gibt, an dem wir einen Wiener Walzer tanzen können!«

Schließlich machten wir eine Snackbar ausfindig, deren Besitzer sich bereit erklärte, für die Dame in schwarz, die einen Wiener Walzer zu tanzen wünschte, die Tische wegzurücken. Unter den verdutzten Blicken seiner Frau und seiner Tochter, die beide genauso lang wie breit waren und wie gelähmt dastanden, ließ er *Österreichische Schwalben* laufen. Ein alter Saufbold begleitete die Musik mit Ferkeleien und irischem Trillern. Helena bewegte ihren Körper in meinem Arm wie eine Seeschlange, die sich windet, als sei sie in den Maschen eines Netzes verfangen. Sie genoss jede einzelne Drehung des Tanzes in vollen Zügen, während ich die größte Mühe hatte, ihr zu folgen. Als der Tanz zu Ende war, was zu allem Überfluss mit einem riesigen Glas Schnaps begangen wurde, brach in der Stadt die Nacht an. Die Leuchtschilder, Lämpchen und Straßenlaternen schwankten wie Schiffsmasten in einem Hafen bei Sturm hin und her. Steif wie ein Kirchturm hielt ich mich an Helenas Arm fest. Sie war ziemlich keck: »Was ist los, Kapitän, haben Sie etwa zu viel getrunken?«

Ich war so unschicklich zu antworten:

»Ich glaube, ich werde jetzt auch untergehen ...«

Zum Glück nahm sie es mir nicht übel. Im Lichterglanz dieses Abends, der aus den Fenstern auf die Straße fiel, und im feinen Regen, der den Asphalt marmorierte, kehrten wir in heiterer Stimmung in unser Wohnviertel zurück, wo unsere Betten auf uns warteten. Bevor wir auseinander gingen, teilte sie mir mit verhangenen Augen und unter dem Blick der wiehernden Pferde in der Swamp Street mit:

»Leonard, diesen Tag werde ich nicht vergessen. Sie waren mein Dirigent, mein Initiator, und ich war das junge Mädchen, das Sie auf den Ball begleiten ...«

Mein Herz vollführte Freudensprünge.

Ihre Stimme wurde ernst, ein wenig feierlich:

»Ich bin wirklich glücklich, dass Stuki Sie zu seinem Geschäftspartner gemacht hat, wirklich glücklich, ja, sehr glücklich ...«

Und sie legte ihre Lippen auf die meinen. Es war ein sehr zarter, duftender, überschwänglicher Kuss, einer schönen Frucht gleich, die glücklicherweise nicht dem Meer entstammte, sondern nach Himbeer-, schwarzer Johannisbeer- und Heidelbeercreme sowie Feldgras schmeckte.

Ich befand mich im freien Fall.

4

Stuki, mein Geschäftspartner ... Da Helena es so beschlossen hatte, musste ich mich zwangsläufig damit abfinden. Mich an die riesige Silhouette hinter der durchsichtigen Tür gewöhnen und mir sagen, dass es, auch wenn ich neun Monate lang mit diesem platzraubenden Zwilling in einer Meereshöhle zusammen gelebt hatte, unangenehmere Weggefährten gab. Im übrigen führte ein ziemlich übliches menschliches Körperphänomen dazu, dass sich ein wenig von Helenas Schönheit auf den dicken Mann mit den Lurchaugen übertrug und diese, wenn er nachdenklich zwinkerte, plötzlich einen unerklärlichen Charme versprühten. Darüber hinaus schien der Mann nichts von unserer aufkeimenden Beziehung zu merken. Er wirkte wie ein gutherziger Bischof, der uns stillschweigend seinen Segen erteilte, nur zu, schöne Jugend, oder wie ein schnurrender Kater, der während unserer mittäglichen Gespräche immer und immer wieder einfließen ließ:

»Helena hat mir schon wieder erzählt, dass Sie ein unvergesslicher Kavalier sind ...«

»Danke, Mr. Stukowski.«

Ich wartete auf den Tatzenhieb, aber es kam nicht mehr als eine weitere kleine Nachfrage:

»Sie haben also zusammen getanzt?«

»Walzer.«

»Und wie tanzt Helena Walzer?«

»Mit seltener Eleganz.«

Das war keine vorsichtige Antwort mehr, es war eine Mitteilung, von der ich hoffte, dass er sie weiterleiten würde. Die Dinge nahmen eine wunderbare und gegenläufige Entwicklung. Aus meiner Kammer versendete ich über meinen Chef kleine Botschaften und bildete mir ein, der Mann würde sie ohne weiteres übermitteln. Wie er so um zwölf Uhr vierzig zwischen den über die Tapete verstreuten Blütenblättern zusammengesunken dasaß, dem Klang der Engelsmusik lauschte und schlief, fand ich sogar, dass er ganz und gar unschuldig aussah.

In der Zwischenzeit nahm meine Beziehung zu Helena die Form eines seidigen Spitzengewebes mit Löchern und Blumenmotiven an. So ist das mit der Liebe, bevor sie zu einem festeren Geflecht wird. Später kommen die Löcher wieder, aber dann ist von einem mottenzerfressenen Gewebe die Rede.

Die Löcher waren natürlich ihre Abwesenheit, die Blumenmotive jene viel zu flüchtigen Momente, in denen wir uns unter den Blicken der Spiegel in ihrem mit Intarsien versehenen Wohnzimmer im Stehen umschlangen. Manchmal wiegten wir uns im Walzerschritt, sie in einer sehr aufrechten und feierlichen Haltung, wobei sie den Kopf nach hinten warf und *An der schönen blauen Donau* summte, so als würde sie sich von einer Erinnerung forttragen lassen. Manchmal zuckte ihr Körper beim Küssen zusammen, als sei in ihrem Inneren eine Sehne gerissen. Aber sie fing sich augenblicklich wieder, so dass mir der Zugang zu ihrem bloßen Nacken, ihren zerwühlten Haaren und ihrer Hüfte unter dem mit schwarzem Samt ausgeschlagenen hautengen Kleid verwehrt blieb. Es sei denn, die Raubkatze in ihr hätte mit ihren durch Mark und Bein gehenden Seufzern den Türen einrennenden Eroberer aus mir herausgelockt, der ich nicht bin …

Sie steckte mir duftende Zettel zu, eine Reproduktion des Figaro-Hauses, eine Nachricht auf der Tastatur meiner Schreibmaschine:

Lieber Leonard, ich lade Sie heute Nachmittag um 13 Uhr zu einem Ball in meine Räume in der Swamp Street ein.
Mein zartfühlender Freund, seien Sie dann bei Ihren Angriffen ungezwungener, ich wünsche mir einen hochmütigen und entschiedenen Kavalier.
Helena.

Außer ihr und den Spiegeln befand sich kaum etwas in den Räumen der Swamp Street: eine mit Heftzwecken an der Wand befestigte Katzenfotografie, eine halb geleerte Flasche Gin, ein riesiger verblasster Terminkalender und zwei kleine Lehnsessel. Sie legte ihren Schal darauf ab, wenn sie einen Schal trug, und ihre Mattigkeit, ihre Erschöpfung, wenn sie des Drehens überdrüssig war. Dann setzte ich mich in den anderen Sessel und wir plauderten vor den Spiegeln miteinander, wobei sie ihren nackten Arm dem meinen entgegenstreckte und so eine Tanzfigur im Sitzen erschuf.

Wenn ich über mich sprach, dachte sie, dass ich über Wien redete, und es gefiel ihr, mich wie eine Wiener Spieldose, deren Tänzer sich zu bewegen anfängt, sobald der Deckel angehoben wird, zu öffnen und zu schließen. Neben der süßlichen und schwungvollen Atmosphäre des Walzers verströmte die österreichische Kapitale das Fluidum einer alten, wie auf bräunlichen Ansichtskarten festgehaltenen Stadt, deren Botschafter ich sein sollte. Alles andere an meinem Leben interessierte sie herzlich wenig. Sie ergänzte das Wienerische bestenfalls um irgendein Detail meiner Existenz (eine vorübergehende Leidenschaft für chinesische Astrologie), und fertig war das Bild meiner Person: nett, antiquiert, wirklichkeitsfremd, Straussianer bis in die Haarspitzen und, das versichere ich Ihnen, meine Liebe, überaus melancholisch ...

Im Gegensatz zu diesem unverrückbaren Klischee, was meine Person betraf, besaß sie selbst das Talent zur Metamorphose, konnte in schwarzer Aufmachung blond und in purpurner Kleidung kastanienbraun oder hellbraun erscheinen, sie konnte sich von der Femme fatale in ein naives Mädchen in weißen Söckchen verwandeln, in eine Zigeunerin, sie konnte burschikos oder zu einem weiblichen Puma werden. Am Ende war ich mir nicht einmal mehr ganz sicher, welche Augenfarbe sie hatte. Die Augen sind der Spiegel der Seele. Immer wenn ich glaubte, sie greifen zu können, hatte ich es mit jemand anderem zu tun. Und genauso verhielt es sich auch mit ihrer Lebensgeschichte. Recht häufig verspürte sie urplötzlich das Bedürfnis, mir in aller Ausführlichkeit den Roman ihres immer zugleich tragischen und überwältigenden Lebens zu präsentieren. Sie erzählte in gleichgültigem Ton, alles wirkte ungenau, und trotz meiner Neugier hatte ich den Eindruck, sie um so weniger zu kennen, je mehr sie über sich sprach. Abgesehen davon war ihre Geschichte mit unzähligen Widersprüchlichkeiten nur so gespickt, aber sie mochte es überhaupt nicht, dass man sie darauf hinwies, und so war es natürlich ich, der sie falsch verstanden haben musste.

Sie war mit einem chinesischen Importeur bulgarischer Weine verheiratet gewesen und hatte sich nach einem Streit auf einem Passagierschiff in Hongkong von ihm getrennt. Zu dem Streit war es deshalb gekommen, weil sie Pekingente bestellt hatte, obwohl er Vegetarier war, und zudem auch noch opiumsüchtig und total ungebildet. Anschließend war sie zusammen mit einem kommunistischen Parteioberen den Amur flussaufwärts gefahren. Der hielt sie für eine Reinkarnation von Li-Sun-Li, was zugleich vollkommen falsch und richtig war. Dieser Mann war ausgesprochen kultiviert, hielt sie aber für eine Alabasterstatue und wagte nicht, sie anzurühren. Vom Amur führte sie ihr Weg zusammen mit einem flämischen Geistlichen, der in ihr die Parabel des verlorenen Schafs sah, an die Schelde. Er ärgerte sich über sie, weil sie nicht ein verdammtes Wort Flämisch verstand, und er beendete, ohne dass seine Haushälterin es bemerkte, seine Predigt immer auf einer staubigen Daunendecke in der ländlichen und universellen Sprache der allzu lange unterdrückten Leidenschaften. Von diesen abgelegenen Landschaften trieb es sie zuerst auf einem Lastkahn und dann auf einem Dampfer bis an die Mündung des Orinoco und in die Arme eines etwas zwielichtigen, aber waschechten Brasilianers, der Pedro hieß, Inhaber eines Kasinos in Belize-City war und seinen weißen Smoking nur auszog, um mit ihr stürmische Liebesspiele zu vollführen, bei denen er die furchtbaren Schreie eines Brüllaffen ausstieß. Von dort war sie mit Hilfe eines englischen Archäologen geflüchtet, ein wunderbarer, aber zutiefst unglücklicher Mensch, den man später in mumifiziertem Zustand in seinem eigenen Ausgrabungsfeld von Sucurujù fand. Zu dieser gepriesenen Zeit hatte sie sich an der Schulter eines Hochseekapitäns namens Joe Stukowski ausgeweint, »ein prächtiger Mann, Leonard, was für ein Schädel, was für ein Körper, was für ein Geist, was für eine Erscheinung!« Er hatte nur einen einzigen Fehler: seine Kühnheit. Drei Monate, nachdem sie ihn kennengelernt hatte, einen Monat nach ihrer Heirat, wurde sein Leichnam an einen Strand von …

»Puerto Rico …«

»Nein, von San Salvador gespült. Puerto Rico, das war davor, lange davor … In der Zeit von Li-Sun-Li.«

Nachdem sie zum zweiten Mal Witwe geworden war, zog sie sich mit ihrem Kummer und einem Großhändler für Viehfutter nach Louisville, Colorado zurück. »Der Mann roch nach Vieh. Sie können sich nicht vorstellen, was für eine Qual das war. Auf, Leonardo, tanzen wir noch einen letzten Walzer zusammen …«

Im Anschluss an diesen letzten Tanz machten wir uns auf den Weg nach Downtown und zerlegten zu zweit einen in Cognac sautierten Hummer. Die Saison für Meeresfrüchte war zwar vorbei, aber der Ozean gab noch anderes her. Nach ihren Bekenntnissen überkam sie immer ein Bärenhunger, und wenn sie erst einmal satt war, verfiel sie zeitweise in düsteres Schweigen, wobei ihre Augen irgendwie seltsam, fast unersättlich wirkten. Dann stellte sie mir gern irgendeine tiefschürfende Frage:

»Sagen Sie, Leonard, worin besteht für Sie der Sinn des Lebens?«

Aber meine holprige Anwort hörte sie schon gar nicht mehr. Ihr Blick befand sich bereits auf der Reise zu anderen Ufern. Oft kam sie wieder auf den Chinesen oder den Archäologen oder auf Pedro zu sprechen, und immer fehlte ihnen etwas. Dem Chinesen fehlte ein wenig von Pedro, und dem Großhändler von Louisville fehlte viel, sehr viel vom Archäologen … Einzig und allein Joe hatte alles, schlechterdings alles gehabt, war wie ein Saphir geschaffen für das Glück, das Leben ist wirklich ungerecht …

Und während wir unsere Gläser auf ihren verstorbenen Ehemann erhoben, sagte ich mir, dass ich ganz sicher nur ein weiteres Kapitel in ihrem langen Roman wäre. Ein hoch gebildeter Wiener, der, ganz altmodischer Europäer, eine Fliege trug, doch nie den Mumm hatte, sie auf ein Bett zu werfen und herauszufinden, was eine echte Frau ist … Die Suche zog sich hin, ein Mann folgte auf den nächsten wie die Blätter eines Abreißkalenders, und sie würde mich zu ihnen in ihre Kleiderkollektion stecken: der Chinese, der Wiener, das Tier …

Als sie einmal ziemlich betrunken war, sagte sie zu mir:

»Leonard, eigentlich fehlt Ihnen nur eine winzige Kleinigkeit, und Sie wären genau mein Männertyp.«

»Eine winzige Kleinigkeit wovon, Helena?«

»Ich würde sagen, eine winzige Kleinigkeit von Pedro.«

»Und Pedro, was hatte der?«

»Einen riesigen Schnauzbart und eine Parabellum. Seine Parabellum legte er noch nicht einmal im Bett ab.«

Sie leerte ihr Glas mit einem Zug, dann verloren sich ihre Augen wieder ganz tief in den meinen.

»Ich verunsichere Sie, mein Lieber, ich merke, dass ich Sie verunsichere ... Hören Sie einfach nicht auf das, was ich sage.«

Manchmal sprachen wir über Stuki. Ich versuchte herauszubekommen, was diese beiden Menschen miteinander verband. Sie fand gleichermaßen zärtliche wie zynische Worte für ihn. Der mitfühlende Wohltäter konnte sich in ein und demselben Gespräch zu einem Fettwanst oder einem alten Lustmolch wandeln. Ich erfuhr, dass sie Anteile von Joe am Unternehmen ihres Schwiegervaters geerbt hatte und sich wegen dieser Beteiligung aktiv im Geschäft betätigte. Stuki bezahlte ihre Wohnung. Dafür schwärmte sie in höchsten Tönen von ihm. Er war es auch, der es uns ermöglichte, alle schicken Restaurants am Hafen auszuprobieren. Und genau so war es auch zu verstehen, wenn vom Geschenk des Ozeans die Rede war. Der Ozean hieß Anatol Stukowski, für den ein Dollar ein Dollar war. Diese Großzügigkeit war für mich genauso unverständlich wie die Leidenschaft, die Helena mir entgegenzubringen schien. Aber ich glaubte damals an mein Glück und stellte mir keine Fragen. Ich pflegte mit dem einen wie mit der anderen so selbstverständlich Umgang, als würde ich zur Familie gehören. Ich tanzte, ohne einen Gedanken daran zu verschwenden, dass es möglicherweise um einen ganz anderen Tanz ging, als ich meinte. Einen anderen Walzer, jenem flüchtigen und unförmigen Schimmer gleich, der zu unseren Füßen auf dem zu gut gebohnerten Parkettboden der Swamp Street vorbeihuschte. Man tanzt und tanzt, ohne genau zu merken, wohin der Tanz einen führt, und dennoch macht man wie benommen weiter. Man begreift auch nicht, warum sich die Landschaft verändert, noch warum der Himmel jenseits der Fenster plötzlich bläulich ist, ins Violett geht, künstlich wirkt, oder warum sich unsere Traumgefährten mit einer Art unverständlichem Mitgefühl zu uns herüber lehnen …

Und eines Tages ist es dann da, offensichtlich, unbestreitbar. Eines Tages wird es im Nu möglich, alles Vorherige zu verstehen, aber natürlich versteht man nichts, denn sonst wäre alles Vorherige, der fast unmerkliche Prozess, uns zu beeinflussen, auf uns einzuwirken, uns auszulöschen, nutzlos gewesen. An besagtem Tag zeigte sich im ovalen Mund Anatol Stukowskis eine Art roter Fleck. Und was ungewöhnlich war: Er rief mich um genau zehn Uhr dreißig zu sich, mitten in der Sprechzeit für seine Klienten.

In leicht feierlichem Ton hob er an:

»Mein lieber Gründ, wir kennen uns jetzt seit einem Jahr, und ich kann sagen, dass ich unsere Zusammenarbeit mit jedem Tag mehr schätze.«

Langes, nachdenkliches Ziehen an der Zigarre, Ausstoßen kleiner blauer Ringe, und dann mit völlig harmlosem Gesichtsausdruck:

»Ich habe mich gestern mit Helena unterhalten. Sie sagte

zu mir: Im Grunde genommen könnte Leonard der richtige Mann für den Gefallen sein. Es ist leicht und schnell zu erledigen, und in puncto Diskretion gibt es wohl kaum jemand Verlässlicheren …«

»Um was für einen Gefallen handelt es sich, Mr. Stukowski?«

Der Mann verzog lang anhaltend den Mundwinkel.

»Wissen Sie, Gründ, es gibt allerlei Arten von Menschen auf der Welt…«

Er wartete auf das Zeichen meines Einverständnisses und fuhr dann fort:

»Es gibt Leute, die sagen: Man braucht von allem etwas, um eine Welt daraus zu machen. Und ich bin nicht abgeneigt, mich ihrer Meinung anzuschließen. Sie kennen mich, Gründ, Sie wissen, dass ich eher zu den Menschenfreunden gehöre.«

Er vollführte Verrenkungen auf seinem Stuhl. Das Wort muss ihm ein gewisses Unbehagen bereitet haben.

»Menschenfreund im Rahmen des Möglichen, natürlich. In einem vernünftigen Maß. Sie verstehen, worauf ich hinaus will, Gründ …«

»Nein, wenn ich ehrlich sein soll, Mr. Stukowski.«

»Sagen Sie mir gerade heraus: Sind Sie für die Euthanasie?«

»Darüber habe ich noch nicht ernsthaft nachgedacht, Mr. Stukowski.«

»Nun, ich bin dafür. Und das sage ich auch in aller Öffentlichkeit, und ich glaube, dass Sie auch dafür sind, denn Sie verfügen über gesunden Menschenverstand.«

Wenn der gesunde Menschenverstand so daherkommt, am Ende eines Satzes, geflügelt und gut genährt wie die pummeligen Engel, die die barocken Kanzeln stützen, dann muss man mit dem Schlimmsten rechnen. Jetzt fing ich meinerseits an, nervös auf dem Stuhl hin und her zu rutschen. Das muss Stukowski bemerkt haben, denn er wählte einen anderen Angriffswinkel.

»Reden wir von etwas anderem, Gründ. Kommen wir zu den Fakten. Kleiner Auftrag, wenig Aufwand. Handarbeit, etwas für Sie.«

»Wie bitte?«

»Ich habe einen Auftrag für Sie, Gründ.«

Und mit theatralischer Geste stellte er eine flache Phiole auf den Tisch, die eine durchsichtige, leicht grünlich schillernde Flüssigkeit enthielt. Das Etikett des Fläschchens trug in schönen Lettern die Aufschrift:

REINES QUELLWASSER
Frische
Gesundheit
Vitalität
(Inhalt 15 ml.)

»Schenken Sie dem Etikett nicht allzu viel Vertrauen«, murmelte er mit düsterem Gesichtsausdruck vor sich hin, »heutzutage ist überhaupt nichts mehr rein und unschuldig.«

»Und was soll ich damit machen, Mr. Stukowski?«

Schließlich sagte er bestimmt:

»Am Hanton Square gibt es ein altes Hotel mit dem merkwürdigen Namen *Paradise Loft*. Der Name verweist auf eine lange zurückliegende Vergangenheit, denn heute lebt dort nur noch eine Ansammlung von Untermenschen, gescheiterten Existenzen, allesamt selbstmordgefährdet, die eine karitative Organisation, die selbst in bedauernswertem Zustand ist, mehr schlecht als recht an dem zu erhalten versucht, was man als Leben bezeichnet. Sie werden wohl von einer Art therapeutischer Leidenschaft getrieben, aber lassen wir die großen Fragen. Einer der Bewohner ist ein Mann namens Abimaël Green. Merken Sie sich diesen Namen, Green. Vielleicht hieß er einmal Carlson oder Johnbegoo, aber daran erinnert er sich nicht mehr, genauso wenig wie an die Haarfarbe seiner Kinder, die er zwischen Atlanta und Cincinnati zurückgelassen haben muss, oder an den Geruch der Erde in Oakland, wo er irgendwann das Licht der Welt erblickte. Alles, woran er sich erinnert, ist, was man ihm beim letzten Mal zu trinken versprochen hat, und an diese Erinnerung klammert er sich wie an den Hals der Flasche, die er genauso in der Hand hält wie die Fahnenstange unserer Nationalflagge am Nationalfeiertag. Aber an diesem Landsmann gibt es nichts, worauf man stolz sein könnte. Die Aufgabe ist wirklich sehr leicht. Ihm etwas zu trinken zu bezahlen, wenn er es möchte. Merkwürdigerweise ist der Whisky im *Paradise Loft* gar nicht mal so übel. Es ist sogar das einzige einigermaßen Gute in diesem Hotel. Und ganz nebenbei zwei bis drei Tropfen dieser Flüssigkeit ins Glas geben. Wobei Sie den Ratschlag Helenas befolgen sollten. Sie machen es ohne jedes Aufsehen und überflüssiges

Theater. Übrigens würde er auch andernfalls kaum etwas bemerken. Er ist der Typ, der ein Fläschchen Fingernagellack oder eine Dose Motoröl ex wegtrinkt. Damit ist alles gesagt.«

Nachdem alles gesagt war, wischte sich Anatol Stukowski die Stirn ab, zog lang an seiner Zigarre und verschwand hinter einer Rauchwolke.

»Und was passiert danach, Mr. Stukowski?«

»Wie, was passiert danach?«

»Anschließend, danach eben, wenn er getrunken hat ...«

»Nun, er wird weiter trinken. Was sollte er sonst tun? Er wird sich daran erinnern, dass Sie ihm ein zweites Glas versprochen haben. Und Sie verlassen sich auf sein gutes Gedächtnis. Er wird auf Ihre Gesundheit, auf Ihre Lieben, auf Wien, auf das Glück und auf die Musik trinken ...«

»Und am nächsten Tag?«

»Ich verlange nicht von Ihnen, dass Sie am nächsten Tag noch da sind. Sie sind am Vortag da, und das ist nun wirklich genug. Jeder übernimmt seinen Part. Ich bin ein Verfechter der Arbeitsteilung.«

»Darf ich fragen, Mr. Stukowski, ob dieser Mann am nächsten Tag noch lebt?«

»Oh, das ist nun wirklich eine gewichtige Frage. Werde ich morgen noch leben, und Sie, Gründ, werden Sie morgen oder übermorgen noch leben. Wer weiß das schon? Das ist das große Geheimnis der Vergänglichkeit ...«

»Um es noch genauer zu sagen, Mr. Stukowski, werde ich mit Hilfe dieses kleinen Fläschchens seinen Tod beschleunigen?«

»Lassen Sie es mich so sagen: Sie unternehmen nichts, um ihn hinauszuzögern. Aber Sie können ganz beruhigt sein, dieser Mann ist so betagt, dass er in der Zwischenzeit genauso gut eines natürlichen Todes sterben könnte. Man sollte immer bescheiden bleiben. Nun machen Sie schon, nehmen Sie das Fläschchen. Helena wartet unten auf Sie. Sie hat mir gesagt, sie würde sich nach Ihnen verzehren. Damit Sie diesen Spezialauftrag ausführen können, gebe ich Ihnen frei.«

Helena war überhaupt nicht überrascht, dass sie mich an diesem Tag schon um elf Uhr sah. Sie hatte einen Morgenmantel aus schwarzem Satin und mit einem schwindelerregenden Dekolleté übergezogen.

»Sie sind ja so blass ...«, staunte sie.

»Stuki hat mich mit einer merkwürdigen Angelegenheit betraut.«

Sie blickte erstaunt drein, ließ mich die ganze Geschichte erzählen und sagte abschließend:

»Wenn er sie damit beauftragt, wird er gute Gründe dafür haben. Ich bin jedenfalls absolut sicher, dass er sich jeden Schritt ganz genau überlegt hat.«

Als sie sah, dass mich das nicht beruhigte, strich sie mit den Fingern über meine Stirn, als würde sie so die schlechten Gedanken wegwischen wollen.

»Nun machen Sie doch nicht so ein Gesicht. Ich habe mir gerade überlegt, dass wir doch ein kleines Fest ... Heute kennen wir uns seit genau drei Monaten. Geben Sie sich einen Ruck ...«

Die Tür zu ihrem Schlafzimmer stand offen, die

Nachttischlampe brannte, das große Bett glänzte wie die funkelnagelneue Motorhaube eines Saratoga. Beim Klang einer Walzermelodie bugsierte sie mich dorthin, wobei sie mir mit gekonnten Handgriffen die Kleider auszog. Innerhalb weniger Minuten war ich im Pantherkäfig gefangen, und sie gab gleichermaßen melodische wie raue Brülllaute von sich, die uns gemeinsam erschauern ließen. Als es vorbei war, sank sie nackt auf mir zusammen und flüsterte mir ins Ohr: Ich wusste es, ich wusste, dass Sie in Ihrem tiefsten Innern ein echter Mann sind ... So verging der Tag mit Schlafpausen, zärtlichen Bekenntnissen und Dressurstunden, in denen sie unbedingt wollte, dass ich den Part des Dompteurs übernehme. Als es Abend geworden war, erhob sie sich, um sich ein Glas einzuschütten, und vertraute mir in ernstem Ton an:

»Sie hatten vorhin Zweifel wegen des Auftrags, mit dem Stuki Sie betraut hat. Wenn man zweifelt, ist der Moment gekommen, in dem man jemand wird ...«

Nach dieser tiefgründigen Betrachtung kam sie zurück ins Bett, legte ihren Kopf auf meine Schulter und schenkte mir so ihren Schlaf, der sie in ein kleines Mädchen verwandelte. Durch ihre Lippen drang ein warmer Hauch. Ich war tatsächlich nie diese feste Masse, dieser Fels gewesen, auf dem eine solche Frau ihren Kopf niederlegt. Im Traum klopfte ich, das Lebenselixier in der Hand, gegen das riesige und hell erleuchtete Portal des *Paradise Loft*, dessen beide Flügel sich gegen die aufgehende Sonne öffneten.

Als ich erwachte, war es bereits hell, die ganze Stadt nahm einen ruhigen Morgen in Angriff. Durch das Fenster sah man eine ganze Reihe Straßenkehrer in orangefarbener Uniform. Auf dem Bett ruhte Helena glücklich und zufrieden in ihrem Schlaf. Ein nackter Arm guckte aus der Decke heraus und zeigte, einer lasziven Aufforderung gleich, in Richtung Hanton Square.

5

Man stelle sich ein stolzes Gebäude aus der Kolonialzeit vor, an dem man zweihundert Jahre lang rüttelt, bis die Balkone einer nach dem anderen herabfallen, das Gerüst langsam in sich zusammenbricht und es nach Steuerbord Schlagseite hat wie ein altes, auf eine Sandbank aufgelaufenes Frachtschiff. An manchen Stellen des Gebäudes stelle man sich riesige Reklameschilder mit hübsch gekleideten und strahlenden Frauen vor, die sich auch nicht vom kalten Wind schrecken lassen, der den Antennenwald auf dem Dach zum Erzittern bringt. Selbst diese Schilder, über die man Wäsche zum Trocknen aufhängt, sind mit Löchern und Rostflecken übersät. Und man stelle sich weiter vor, dass in Höhe des vierten Stocks die Schienen der hier überirdisch verlaufenden U-Bahn am Haus vorbei führen und dass am Fuß der Betonsäulen der Konstruktion verschimmelte, vom Regenwasser aufgedunsene Matratzen herumliegen. Räudige Hunde, die alle vom Hanton Square herüber kommen, der genauso wenig ein Platz ist wie ich ein Wiener bin, schnüffeln daran herum und reiben ihr Glied daran. Ein riesiges Niemandsland voller trostloser Bretterzäune und schrottreifer Kräne. Über allem hängt tief ein wolkenschwerer Himmel, aus dem ein schmieriger Nieselregen niedergeht, und im Zentrum von alledem steht das *Paradise Loft*. Der Dachboden des Paradieses. Alles wirkt belanglos und heruntergekommen. Die Eingangstür hat nichts von einem Portal. Man muss sie mit einem kräftigen Ruck aufstoßen. Im Vorraum schlägt einem ein bleierner Gestank entgegen, und in Kopfhöhe befindet sich ein Trichter, hinter dem ein Schild angebracht ist:

GOTT LIEBT DICH
(*Damit Nick hört, laut in die Muschel sprechen*)

Eine solche Sprechanlage hatte ich noch nie zuvor in meinem Leben gesehen, die Töne zogen sich wie bei einem zu langsam laufenden Plattenspieler in die Länge. Man musste öfter in die Muschel hinein rufen, damit Nick sich bemüßigt fühlte, herunterzukommen. Ein fülliger Schwarzer, dem beim Reden der Speichel in die Mundwinkel trat und bei dem das Weiß in den Augen gelb war. Er muss mich für einen Gerichtsvollzieher gehalten haben, denn er zwinkerte lange mit den Augen, bevor er mich fragte:

»Was kann ich für Sie tun, mein Herr?«

»Ein Zimmer, bitte.«

Nochmalige verblüffte Musterung meiner ganzen Person. Von oben nach unten, dann von links nach rechts, verbunden mit einem eingehenden Blick auf meine weißen Manschetten. Dann verspürte er das dringende Bedürfnis zu spucken, holte ein schmutziges Taschentuch hervor und verschaffte sich darin genüsslich Erleichterung, ohne mich aus den Augen zu lassen.

»Sind Sie sich wirklich sicher, mein Herr?«

»Ja, mein Herr.«

Ich zog einen 50-Dollarschein aus der Tasche und sagte:

»Das ist alles, was mir geblieben ist.«

»Pleite?«

»Pleite.«

Der Schein raschelte zwischen seinen Fingern. Er steckte ihn in seine Hosentasche und zog laut die Nase hoch.

»Damit ist immer etwas zu machen.«

Dann ging er wieder die Treppe hinauf, die er heruntergekommen war. Je höher man kam, um so größer wurde der Gestank. An jedem Pfeiler schwankte eine brennende Glühbirne hin und her. Das Zimmer, das er mir zeigte, befand sich im dritten Stock. Es war eine ehemalige Suite, die mit Gipswänden in drei kleine Zellen unterteilt worden war. Auf dem Boden eine nicht bezogene Matratze und schmutzige kleine Flaschen, und an der Wand: GOTT LIEBT DICH.

»Essen ist um zwölf«, sagte Nick mit kehliger Stimme. Dann räusperte er sich und spuckte ohne weitere Umschweife einen hellen Klumpen Schleim gegen die Fußleiste.

Der Regen schlug gegen das Dachfenster, die Kälte drang durch bis auf die Knochen, hinter der Wand schrie eine Matronenstimme, die kleinen Flaschen quollen über mit Zigarettenkippen, die Wände waren mit unanständigen Sprüchen vollgekritzelt. Es gibt Tage, an denen man sich fragt, warum Gott uns so sehr liebt.

Gegen Mittag tönte eine Schiffsglocke durch das ganze Gebäude, ich trat auf den Gang hinaus und folgte den vorbeiziehenden Schatten, die sich ungeduldig zum Speisesaal im ersten Stock bewegten. Von dort kam der strenge Geruch der Fischsuppe. Zwei Frauen, die eine sehr rundlich, die andere spindeldürr, waren hinter den Suppentöpfen postiert und warteten darauf, dass wir aus der Schlange vortraten. Sie waren mit Schöpflöffeln und einem energischen Lächeln ausgestattet, dazu geeignet, Berge zu versetzen und einen für den Rest des Tages zu entmutigen.

»Kaum zu glauben«, sagte mein Nachbar in der Schlange, während er mich mit einem breiten, zahnlosen Lächeln musterte, »kaum zu glauben, aber es gibt jetzt gescheiterte Existenzen aus allen Branchen ...«

»Das ist wegen der Krise«, antwortete ich.

Der Mann hieß Abraham Kupfer, er hing seit sechs Jahren im *Paradise Loft* herum, nachdem ihn seine Frau wegen eines Mannes aus Guadeloupe sitzen gelassen hatte. Sie hatte alles aus der Wohnung mitgenommen, sogar die Türriegel und -schlösser. Wenn es möglich gewesen wäre, hätte sie auch noch die Bohlen des Holzfußbodens herausgerissen. Seltsamerweise hatte sie ihm ein altes Tintenfass zurückgelassen, das er in einer Pfandleihanstalt für fünf Dollar und zehn Cents verpfändete. Fünf Dollar waren nicht gerade viel, aber genug, damit Nick seine gelben Augen verdrehte. Nachdem er sich einmal im *Paradise Loft* eingemietet hatte, gelang es ihm, dank der wohltätigen Damen und kleiner Arbeiten, die er übernahm, dort zu bleiben. Wenn er so seine Lebensgeschichte erzählte, setzte Abraham Kupfer unentwegt sein zahnloses Lächeln auf, auch wenn er den Mund voller Suppe hatte. Aus seiner Geschichte ging nicht hervor, ob seine Frau das Tintenfass einfach nur vergessen hatte oder ob es sich um eine letzte Aufmerksamkeit von ihr handelte, damit er seinem Leben ein zusätzliches Kapitel anfügen konnte. Das Tintenfass hatte tatsächlich seinem Großvater gehört, der denselben Namen trug wie er. Der Großvater war Redakteur der ältesten Tageszeitung Philadelphias und Geschworener gewesen. Als Abraham mit seiner Geschichte fertig war, sollte ich ihm meine erzählen, was mir nicht gerade leicht fiel. Ich hatte ein kleines Unternehmen aufgebaut, die Gläubiger waren hinter mir her, es war besser, dass ich untertauchte.

Er machte große, runde Augen:

»Was für ein Unternehmen?«

»Konservenfabrik.«

»Was für Konserven?«

»Fischkonserven.«

»Welche Fische?«, fragte er hartnäckig, während er die Nase kraus zog.

»Sardinen.«

Den Mund weit geöffnet, geriet er in Entzückung. Einen kurzen Augenblick später posaunte er der ganzen versammelten Gesellschaft aus, ich hätte eine Sardinenkonservenfabrik und sei ruiniert. Seinem zahnlosen Mund nach zu urteilen, handelte es sich um die netteste Geschichte seit langem, die er weitererzählen konnte. Zum Glück hob eine der beiden wohltätigen Damen zu sprechen an, was die Anwesenden ablenkte und den herrschenden Lärm einen Augenblick lang dämpfte. Schon bildete sich auch wieder die Schlange für den Nachschlag, und man begann mich von dort aus mit einem merkwürdigen Lächeln anzusehen. »Das liegt daran, dass Sie neu hier sind«, frotzelte jemand in der Schlange, »Sie sind noch nicht so wie wir anderen, es dauert ein paar Tage, bis Sie den Stallgeruch angenommen haben ...«

Nach dem Essen setzte sich die dicke der beiden Frauen neben mich. Sie hatte ein Formular, das ich ausfüllen musste. Sie trug immer dasselbe Lächeln zur Schau, genauso wie sie immer denselben Anstecker auf ihrer riesigen Brust trug: *Eternity Now*. Ich musste meinen Namen nennen und den Grund dafür, weshalb ich im *Paradise Loft* gestrandet war. Sie notierte alles mit ernstem Gesicht und einer kleinen Falte auf der Stirn, die Ausdruck ihrer aufrichtigen Sorge war.

»Zum Glück haben Sie keine Familie«, stellte sie teilnahmsvoll fest, »dann wäre alles noch viel schlimmer.«

Und indem sie wieder ihr übliches Lächeln aufsetzte:

»Jedenfalls bin ich mir sicher, dass Sie da schon wieder herauskommen werden. Sie können sich jederzeit an mich wenden. Ich bin Pamela Dexter. Ich komme mittags und abends hierher. Seien Sie herzlich willkommen, Mr. Gründ.«

Es hatte zu regnen aufgehört, und ein fahler Sonnenstrahl brachte die Dächer der Stadt zum Funkeln, aber ungefähr so wie das Lächeln von Pamela Dexter war es etwas, das einem die Seele nicht erwärmt. In einem Raum neben dem Speisesaal lief ein Fernsehgerät vor einem Bündel halb lethargischer menschlicher Schatten. Kaum waren die beiden wohltätigen Frauen weg, wurden die Wein- und Whiskyflaschen unter den durchgesessenen Sesseln hervorgezogen. Den Alkohol kauften sie zu einem günstigen Preis bei Nicks Frau, einer üppigen Mestize, die in einem Kabuff herumschrie, das von drei bis vier geöffnet war. Im *Paradise Loft* wurde die Suppe großherzig umsonst verteilt und der Schnaps verkauft. Wohltätigkeit und Geschäft waren eng miteinander verbunden, ohne sich allzu sehr in die Quere zu kommen. Jeder hätte hier also irgendwie zurechtkommen können. Man brauchte sich nur an den Gestank, das Fett an den Wänden und die heftigen Stöße zu gewöhnen, die das Gebäude jedesmal erschütterten, wenn die U-Bahn vorbeifuhr. Nach einer gewissen Zeit hätte man ohne weiteres Zuneigung zu seinen Mitbewohnern entwickeln können, die sich, komme, was da wolle, abwechselnd nach Pamelas Suppe und nach Nicks Whisky drängten, die krummen Dinger und kleinen Geschäfte dazwischen nicht zu vergessen, die das Leben auf den Fluren bereithält.

Auf meine Bitte hin machte Abraham mich mit einigen der Hotelbewohner bekannt. Ein kleiner bleicher Mann, den alle den Doktor nannten, musterte mich ausgiebig. Er hatte eine näselnde Stimme und wollte unbedingt eine Diagnose stellen. Nachdem er mich eingehend betrachtet hatte, schloss er düster, dass der Ruin nun *seine Opfer forderte.* Dessenungeachtet trank er auf mein Wohl, zumindest auf das, was davon übrig geblieben war. Er hieß Angel Watson. Er war nicht Abimaël Green.

Jemand anderes, den ich kennenlernte, wirkte ziemlich

verstört. Ich weiß nicht mehr, ob er General oder Kriegsberichterstatter gewesen war, aber er zeichnete unentwegt die Stellungen einer der Schlachten zwischen Russen und Finnen im Winter 1939 auf ein kleines Stück Pappkarton auf. Er versicherte mir, dass irgendwo etwas nicht stimmte. Aber wo? Ich konnte ihm seine Frage nicht beantworten. Jedenfalls stimmte tatsächlich irgendwo etwas nicht. Überdies hieß er Minuchin und nicht Green.

Eine dritte Person, mit der ich Bekanntschaft machte und die das Pidginenglisch der Karibik sprach, interessierte sich für meine Geschichte mit der Konservenfabrik und wollte wissen, ob ich noch über Bestände verfügte. Worauf ich antwortete, dass mir außer dem, was ich am Leibe trug und bei mir hatte, überhaupt nichts mehr geblieben war. Daraufhin musterte er mit einem Augenzwinkern mein Hemd, meine Jacke und meine Brille. Obwohl er von seinem Palmenschnaps vollkommen benebelt war, besaß dieser Mann einen taxierenden Blick. Sein Name war Laverdure, Henry Laverdure. Er hatte nichts mit Green zu tun.

Es kamen noch eine ganze Reihe anderer Bewohner auf mich zu, die man mir aber gar nicht vorzustellen brauchte: ein Transvestit, der sich für Lauren Bacall hielt, und eine rundliche Prostituierte namens Sheila, die durch ein unsichtbares Band an ihren stummen und dunkelhäutigen Beschützer mit einem vollkommen unaussprechlichen kroatischen Namen gebunden war.

Da ich keinen Wert auf weitere Bekanntschaften legte, fragte ich Kupfer, ob er einen gewissen Abimaël Green kenne. In das Gesicht des Alten trat ein Leuchten:

»Sie kennen ihn auch?«, fragte er.

»Ein wenig ...«

»Wie, ein wenig?«

»Ich glaube, wir waren zusammen auf derselben Schule, bin mir aber nicht ganz sicher.«

»Ach so ...«

Kupfer war bass erstaunt. Dann begann er zu glucksen und verbreitete sogleich die Neuigkeit. Beim Abendessen erhob er sich, um laut kundzutun, dass Sardine mit dem Inka zusammen auf der Schule war und dass dies die beste Geschichte des Jahres sei. Und in der Tat schienen alle sie sehr komisch zu finden, denn sogar die wohltätigen Frauen lachten darüber und ihre *Eternity Now*-Anstecker hüpften vor Vergnügen. Abimaël Green, genannt der Inka, schien nicht im Raum zu sein, was mir einen kleinen Aufschub verschaffte. Nach dem Abendessen wollten mich Laverdure und einige andere ihm unbedingt vorstellen. Sie gingen mit mir in den vierten Stock und schoben mich in ein dunkles Zimmer, wo ich, nachdem sich meine Augen langsam an die Dunkelheit gewöhnten, nach und nach einen wackeligen Bücherschrank, eine Matratze und eine alte Badewanne erkannte, die durch einen Baldachin, bestehend aus einer Stange mit Plastikvorhang, aufgewertet wurde. Von dort kam von Zeit zu Zeit ein Blubbern und ein Geräusch, das sich anhörte wie krachende Knochen. Ich ließ einige Zeit verstreichen, bevor ich den Vorhang beiseite zog. Auf dem Grund der Badewanne waren zwei hervorspringende Augen mit senkrecht geschlitzten Pupillen und in gehörigem Abstand davon zwei gewaltige Nasenlöcher zu sehen. Das Tier lag reglos im grünlichen Wasser, auf dessen Oberfläche eine halb verweste Maus schwamm. Hin und wieder öffnete es sein riesiges Maul und schloss es dann blitzschnell mit einem furchteinflößenden Jagdgeräusch. Es war ein Alligator. Er musste dem Arzt gehören, denn die wenigen Bücher im Bücherschrank trugen durchweg makabre Titel, die typisch waren für Werke der Gerichtsmedizin. *Semiologie des Leichnams. Handbuch der nekrophilen Entomologie* … Als ich das Zimmer wieder verlassen hatte, wurde ich von einem ausgelassenen Komitee empfangen, das sich um die Tür drängte. Man fragte mich, ob ich meinen alten Schulfreund wiedererkannt hätte, und ich antwortete mit zittriger Stimme, dass er sich tatsächlich sehr verändert hätte, woraufhin alle lauthals zu lachen anfingen. Man war mir dankbar für diesen trockenen Humor und lud mich zum Whiskytrinken ein, zunächst im Gesellschaftsraum, dann, nachdem die wohltätigen Frauen gegangen waren, im Speisesaal und schließlich in Laverdures Zimmer, das mit nackten Frauen tapeziert war, die ihre Schamgegend nach vorn streckten und auf Motorrädern sämtlicher Kubikzentimeterklassen saßen. In Wahrheit hieß der Alligator Cornelius, man hatte ihn als ganz kleines Tier in einer Zuchtfarm gestohlen, und später war er dann unverhältnismäßig gewachsen. Neben der Unmenge von Unglaublichkeiten, mit denen man seine Geschichte ausschmückte, erzählten sie mir auch die folgende authentische Anekdote: Er aß sehr gern Pamela Dexters Erbsensuppe. Laverdure, noch ganz stolz auf seinen Scherz, ließ mich reichlich von seinem Palmenschnaps trinken. Ich hatte Schwierigkeiten, mein Zimmer im dritten Stock zu finden. Da die U-Bahn es jede Viertelstunde zum Erbeben brachte, musste man wirklich ziemlich betrunken sein, um einzuschlafen. Ich stand kurz davor, als Sheila sich gegen meine Tür legte, aber noch war das Schloss mit einem Nagel befestigt. In meiner Trunkenheit sagte ich zu mir, dass ich in den letzten zwei Tagen mehr erlebt hatte als in den ganzen zurückliegenden zehn Jahren. Und ich fasste den festen Entschluss, diesen menschlichen Sumpf zu verlassen, sobald ich die Kraft hätte, mich auf den Beinen zu halten. Ich fiel in einen schweren Schlaf, der aber mit jeder Blitzsalve, jeder donnernden Radachse, die mir mit jedem vorbeifahrenden Zug durch den Kopf schossen, immer leichter wurde. Scheinbar gewöhnt man sich an alles. Gegen Morgen schwebte ich auf einem Luxusluftkissenfahrzeug mit verchromten Rohren und dem Sternenbanner der Vereinigten Staaten von Amerika. Helena lag, ein Glas in der Hand, ausgestreckt auf einem Liegestuhl und bot ihre nackten Beine der Sonne dar. Mit sanfter Stimme beruhigte sie mich:

»Es dauert nicht mehr lange, mein lieber Leonard, wir sind bald da …«

Ich war wie ein chinesischer Kellner mit einer hübschen blauen Matrosenjacke mit Stehkragen bekleidet. Im weiß schäumenden Kielwasser des Schiffs sprangen Krokodile auf.

»Schenken Sie mir jetzt bitte noch etwas ein«, befahl Helena. »Sie wissen ja, wo die Flaschen stehen. Verhalten Sie sich aber in jedem Fall diskret und strafen Sie nicht Ihre sprichwörtliche Zurückhaltung Lügen …«

6

Irgend jemand summte in meiner Kindheit: wenn nichts mehr geht, schaut man am besten zum Himmel. Seither ist die Stimme zwar verblasst, aber sie ist immer noch hörbar. Hinter der schmutzigen Fensterscheibe des *Paradise Loft* war der Himmel des folgenden Tages ein arktisches Meer, in dem ganz ruhig schöne, schneebedeckte Eisberge dahinglitten. Ich war nicht der einzige, der den Himmel betrachtete. Minuchin hatte seinen Kopf von seinen Pappkarten und seinem russisch-finnischen Krieg erhoben. Von den Lippen liefen ihm zwei feine Streifen Kaffee herunter.

»Er ist da«, sagte er.

»Wer ist da?«

»Der Inka.«

Er wies mit dem Finger auf ein im Bau befindliches Gebäude jenseits des Niemandslandes, dessen obere Stockwerke sich in der Ferne als dürres Stahlgerippe gegen das leuchtende Blau des Himmels abhoben. Sein Finger zeigte auf den höchsten Punkt des Gebäudes, dann schwankte er in der Luft wie ein von einer Kugel getroffener Vogel, und der Mann kehrte wieder zu seinen Pappkarten zurück.

»Er hält sich für die Sonne«, sagte Kupfer mit seinem breiten Lächeln.

»Wer?«

»Minuchin ganz bestimmt nicht ...«

Kupfer begann zu glucksen.

Wenn man zum höchsten Punkt des Gebäudes sah, erkannte man tatsächlich eine kleine, dunkle Silhouette, die jedoch naturgemäß genauso gut mit der spiegelverkehrten Projektion der Sonne verschmelzen konnte, einer fahlen, kupfernen Sonne, die sich der Betrachtung entzog und auf der Netzhaut einen sich bewegenden Punkt erzeugte, der einem schwarzen Blutfleck glich.

»Er kommt näher«, bestätigte Laverdure. »Heute Mittag wird er vielleicht hier sein.«

»Wer?«

»Der Inka.«

Wenn man Laverdure so sprechen hörte, wirkte das alles nicht mehr unbedingt wie eine lustige Geschichte.

»Und was macht er da oben?«

»Er denkt.«

Jetzt ertönte die unangenehm dünne, nasale Stimme von Doktor Watson:

»Er macht's wie Cornelius in seiner Brühe. Er denkt über die Menschheit nach ...«

Um den höchsten Punkt des Rohbaus zu erreichen, musste man durch den Schlamm des Niemandslandes waten, ein Loch im Bretterzaun suchen und über eine kaum verschalte Betontreppe ins Gebäude hinaufsteigen. Ab dem zwölften Stock bestand der Boden nur noch aus durchlöchertem Blech, und der böige Wind wirbelte riesige Stücke Plastikfolie auf, die sich an den Stahlträgern verfingen und wild herumflatterten. Mit gekrümmtem Rücken und vollkommen regungslos saß zwei Stockwerke weiter oben auf dem allerletzten Eisenträger tatsächlich ein Mann. Schon beim Anblick des Mannes dort oben, hundert Meter über dem Erdboden, wurde mir ganz schwindelig. Als ich die Treppe wieder hinunter ging, stand ich plötzlich von Angesicht zu Angesicht einem seltsamen Wesen gegenüber: einem zu groß geratenen kleinen Mädchen mit einer Fuchsschnauze, der Haut einer Indianerin unter einer löcherigen Jeans, gelben Raphiablumen im schwarzen Haar, eng stehenden, wilden Augen.

Sie verstellte mir mit dem Bein den Weg.

»Was willst du von ihm?«, murrte sie.

»Nichts ... Ich habe mich gefragt, ob es sich um einen Menschen oder eine Fata Morgana handelte.«

»Und jetzt weißt du es?«

»Ja, ich weiß es.«

Einen kurzen Augenblick lang schien in ihren Augen die Lust aufzuleuchten, mich in den Abgrund zu stürzen, doch sie zog das Bein zurück und ließ mich vorbei.

Mittags war sie mit ihm zusammen im Speisesaal des *Paradise Loft*. Sie saßen am Tischende. Jetzt konnte ich endlich das Löwengesicht von Abimaël Green sehen, seinen langen weißen Bart und die Andenmütze, die er auf dem Kopf trug. Unter dieser etwas albernen, schlappen Kopfbedeckung erkannte man die gegerbte Haut der alten Prärienomaden. Mit gekrümmtem Rücken saß er da, aß andächtig, indem er Bissen für Bissen langsam kaute. Die

Plätze neben ihnen blieben frei, man umgab sie mit Stille, tuschelte nur miteinander. Als die junge Indianerin aufstand, um Nachschlag zu holen, machte man ihr sogar Platz und ließ sie durch. Die beiden gehörten ganz offensichtlich nicht zu dieser Welt.

Nach dem Essen nahm Abraham Kupfer eine stramme Haltung ein und stellte uns einander vor:

»Inka, ich möchte dich deinem alten Schulfreund vorstellen …«

Sie gluckten schon, bevor er ausgeredet hatte: Watson, Laverdure und sogar Pamela Dexter, die aussah wie eine hungrige Puppe. Abimaël Green hielt es nicht für nötig, den Kopf zu heben. Er kaute weiter sein Püree. Die kleine Indianerin schleuderte Blicke wie Geschosse in meine Richtung. Dumpf begann Kupfer seine Vorstellungsformel noch einmal von vorn, dann stieß mich jemand in die Mitte des Kreises. Green hörte zu kauen auf und legte seine Hand auf mein Handgelenk. Zunächst übte er nur ganz sanften Druck aus, der aber sehr viel stärker wurde, als ich meine Hand zurückziehen wollte. Jemand hatte mir einen Stuhl gebracht, so dass wir uns jetzt in einer Art eiserner Umklammerung auf gleicher Höhe befanden.

»So sieht also das Wiedersehen von zwei alten Freunden aus«, spottete Laverdure. Abimaël Green hatte den Kopf immer noch nicht gehoben.

Eine ganze Weile später klatschte Pamela Dexter in die Hände, als würde sie die Pause für beendet erklären. Im Nebenraum begann der Fernseher zu dröhnen, und die Gruppe der Schaulustigen verkleinerte sich. Schon bald waren nur noch Kupfer, der von einem Bein auf das andere hüpfte, Laverdure, der sich eine Zigarette aus schwarzem Tabak drehte, die Indianerin, die es immer noch auf mich abgesehen hatte, Minuchin, der merkwürdig fasziniert am Tischende saß, und Pamela Dexter, die einen Heidenlärm mit dem Kochtopf veranstaltete, um die Anwesenden auf den tugendhaften Boden der Alltäglichkeit zurückzubringen, im Speisesaal.

Green begann zu sprechen. Er hielt die Augen geschlossen, als würde er sich nur auf die Berührung meiner Hand konzentrieren, um die inneren Schwingungen und verborgenen Spannungen in mir zu lesen. Seine Stimme stieg wie ein warmer Atem aus dem Innern seines Körpers auf.

»Man fühlt die Lust zu fliehen und die Lust zu bleiben«, sagte er äußerst bedächtig. »Da ist etwas sehr Starkes. Es ähnelt der Erinnerung, man glaubt, es sei die Erinnerung, aber es ist nicht die Erinnerung. Die Dauer der Zeit ist überhaupt nicht dieselbe. Wenn es nicht die Erinnerung ist, dann ist es also etwas anderes. Es scheint, als hätte dieser Mensch sein ganzes Leben damit verbracht, woanders zu sein als da, wo er war. Es wird aber auch deutlich, dass er in genau diesem Moment sein Schicksal Lügen straft: Er ist da, wo er ist, und nicht woanders. Und genau das verleiht ihm seine ganze Kraft, seine beängstigende Helligkeit ...«

Laverdure begann vor sich hin zu pfeifen und trat so in die Fußstapfen der plötzlich erstarrten Pamela Dexter: Wenn das Übernatürliche sich einstellt und man nicht mehr imstande ist, es mit dem Scheuertuch wegzuwischen, kann man es immer noch mit einem Liedchen versuchen. Rede du nur, Inka, mach nur weiter deinen Zirkus, ich pfeif dir eins …

»Seine beängstigende Helligkeit«, fuhr Abimaël Green langsam fort. »Ein Engel sucht mich, ein Engel wollte mich sehen. Wenn ich den Namen des Engels wüsste, dann wüsste ich dennoch nicht mehr über ihn, aber weiß man denn je … Abraham, wie lautet der Name des Engels?«

»Gründ«, antwortete Kupfer mit zugeschnürter Kehle.

»Gründ«, wiederholte Abimaël. »Hat er sich also von den Dachrinnen der Peterskirche davongemacht. Und was sonst noch?«

»Er hatte eine Fabrik für Sardinenkonserven.«

»Nein … Unwahrscheinlich. Ich rieche das Meer nicht. Betrachten wir die Sardinenkonserven als eine weitere Verkleidung und entledigen wir uns dieser seltsamen Deckmäntel … Fahren wir fort, Abraham. Seit wann befindet er sich an diesem Ort der Ekstase und des Verfalls?«

»Seit gestern«, antwortete Kupfer.

»Und er wollte mich also sehen?«

»So ist es, Inka.«

»Zwei Möglichkeiten: entweder dieser Mann liebt mich, und diese Liebe befähigt ihn allein zu der außergewöhnlichen Ausstrahlung, die ich bei ihm spüre … Oder aber …«

Jetzt endlich blickte Abimaël Green zu mir auf. Seine Augen waren hell, leuchtend, von verschmitzten Fältchen umgeben.

»Oder er ist hierher gekommen, um mich umzubringen.«

Pamela unterdrückte einen Schrei. Laverdure hörte zu pfeifen auf, Minuchin sprang mit einem Satz von seinem Stuhl auf.

»Ich hab's«, rief er begeistert, »es ist Orlow! Orlow hatte Sekirin nicht gesagt, dass die fünfte Brigade vor den Toren von Kemijarvi stand …«

Dann verstummte er mit aufgerissenem Mund, so als wäre gerade ein Geschossregen auf die Stadt niedergegangen.

7

In seiner Uhrmacherwerkstatt in Wien träumte mein Großvater von den endlosen Weiten Arizonas, er hat den Atlantik überquert, um Telegrafist in Boston zu werden und, eingesperrt in einer zwei mal zwei Meter großen Kammer, dazu verdammt zu sein, Nachrichten, die nicht von ihm verfasst worden waren, in alle Himmelsrichtungen zu buchstabieren. Er wollte sein Leben zu einem einzigen Konzert großer Reisen machen, und bis zu seinem Tod hat er immer nur krampfhaft auf einer einzigen Taste herumgeklimpert. Auch mein Vater träumte von fernen Horizonten, von Afrika oder Patagonien, aber er traf meine Mutter, die, als sie diesen großen Zugvogel sah, ihn stets am Boden hielt und so sein Fernweh bändigte. Das war in Philadelphia kurz vor meiner Geburt. Sehr wahrscheinlich war ich eine zusätzliche Halteleine in diesem obskuren Kampf zwischen meinem Vater und seiner Lust fortzugehen. Deshalb gab man mir einen Vornamen, der mir kein Entkommen aus den vom Schicksal gebundenen Stricken ermöglicht. Wenn die Augen meines Vaters sich durch das Fenster davonstahlen, tauchte ich, das in genau der Landschaft gefesselte Kind, die er nie aufsuchen würde, in seinem Gesichtsfeld auf. Der Traum meines Großvaters endete an der

Schwelle zur Neuen Welt, derjenige meines Vaters flatterte in seinem Blick wie ein Lumpen im Wind, und ich war an die Stelle des Traums getreten. Eines Nachts hörte ich, wie mein Vater die Treppe vom Dachboden herunterpolterte. Er hatte ein Gewehr im Arm, lief in den hintersten Teil des Gartens und verschoss alle seine Patronen. Als er zurückkam, ließ er sich auf den Diwan fallen, während der Lauf seines Gewehrs, den er ganz dicht neben seiner Wange hielt, noch rauchte. Meine Mutter wagte nicht, sich ihm zu nähern, es war an mir, die wenigen Schritte zu tun, die uns voneinander trennten. Ich fragte: »Warum?« Und er sagte ganz langsam: »diese Sterne, diese verdammten Sterne ...« Dann schloss er die Augen und schlief ein.

Er schlief zwei Tage am Stück. Während er schlief, nahm meine Mutter ihm das Gewehr weg, wickelte die Waffe in eine Decke ein und warf sie in den Fluss. So endete das denkwürdigste Ereignis meiner Kindheit. In der Folgezeit ging mein Vater wieder seinen kleinen Beschäftigungen nach und erwähnte nie mehr die Episode mit den Sternen. Vielleicht war er noch ein wenig schweigsamer, noch ein wenig unzugänglicher als zuvor. An den Sonntagnachmittagen schloss er sich in sein Arbeitszimmer ein und träumte stundenlang vor einem riesigen Globus, den er fast unmerklich drehte, während er stumm und sehr schnell die Namen der Städte nannte, über die sein Zeigefinger hinwegstrich. Die einen stoßen Gebetsmühlen an und andere zählen ihr ganzes Leben lang Bündel mit grünen Geldscheinen. Mein Vater marschierte mit großen Schritten von einem Kontinent zum anderen. Manchmal spielte er ein ballistisches Spiel: Er schloss die Augen, brachte den Globus zum Drehen und stieß blind mit einer kleinen Nadel hinein. Wenn sie nicht in irgendeinem Ozean landete, schrieb er sich die Stelle, wo sie steckte, sorgfältig auf, Breitengrad, Längengrad, lief dann zum Bücherregal, um sich über den zufällig ausgewählten Ort zu informieren: Bevölkerung, Topographie, Klima, Hydrographie, Bruttoinlandsprodukt, Bodenschätze ... So reiste mein Vater, und so endeten die Globen, gespickt mit Löchern, wie riesige Orangen. Die letzte Nadel blieb im Packeis stecken, und wenige Tage später starb mein Vater in einem Traum polarer Kälte, die sein letztes Lächeln einfror. Er hatte denselben Tod wie R. F. Scott, der an Entkräftung gestorbene Polarreisende. Meine Mutter, die ihn zu Lebzeiten immer wegen seiner geographischen Marotten drangsaliert hatte, ließ sein Arbeitszimmer unberührt, verwandelte es in ein Heiligtum und wischte allwöchentlich liebevoll Staub, was bewies, dass auch sie im Grunde ihres strengen und bescheidenen Wesens träumte, ohne es zuzugeben. Ich wurde nördlich des Wendekreises des Krebses, zwischen den Appalachen und der Sargassosee, aus ihren gezügelten Träumen geboren. Manchmal denke ich, es ist nicht leicht, der Sohn eines Mannes zu sein, der auf Sterne schießt und immer durch einen hindurch sieht, so als würde man einen unpassenden Platz im Rahmen seines Traums einnehmen. Das ist ganz zweifellos auch der Grund dafür, weshalb ich mich so gut auf Durchsichtigkeit verstehe. In meinem Innern fand eine eigenartige Teilung statt: Ich war da und ich war nicht da. Abimaël Green hätte es mir nicht sagen müssen, ich wusste es selbst nur zu gut. Als er, mit seiner Hand die meine fest umklammernd, so zu mir sprach, merkte ich, wie die Erde sich auftat, meine Augen sich mit Tränen füllten und die Erinnerung an die Sterne aus den Tiefen meiner Kindheit wie altes, verfaultes Wasser in mir aufstieg.

Pamela Dexters teilnahmsvolle Stimme riss mich aus einer langen Geistesabwesenheit:

»Das ist unverzeihlich, Mr. Green, Sie bringen die Neuen immer zum Weinen.«

Hinter dem Schleier meiner Tränen hatte Abraham Kupfer sein Lächeln verloren, und die Augen der kleinen Indianerin hatten sich mir genähert, als würde sie in mich hinein sehen wollen.

Es verging viel Zeit, ein weiterer langer Augenblick des unklaren Blicks, dann bemerkte ich, dass Laverdure den Platz von Green eingenommen hatte und mein Handgelenk festhielt, während er zur allgemeinen Belustigung die Sinnsprüche und das Gemurmel des Inka nachahmte. Durch das Fenster sah man, wie sich das eigenartige Paar entfernte: der Alte mit seiner Andenmütze und seinem Prophetenmantel, die Indianerin mit ihrem vom Wind durcheinander gewirbelten Raphiadiadem.

Ich machte meinen Arm los, um ihnen zu folgen.

Die Indianerin bemerkte mich zuerst. Sie kam auf mich zu und blieb nur wenige Zentimeter von meinem Gesicht entfernt ganz aufrecht stehen.

»Was willst du noch?«

»Wissen.«

»Ob es eine Fata Morgana ist?«

»Ja.«

Und sie ließ es zu, dass ich ihnen folgte. Abimaël ging immer weit voraus.

Wir gingen zunächst in Richtung Wasserstraße und Docks, dann in Richtung der alten leeren Lagerhallen, zu den halb verfallenen Bootshäusern aus Ziegelstein, bogen in holprige Gassen ein und erreichten die Landungsbrücken, auf denen unzählige große Möwen saßen. Am Ende eines großen freien Platzes: ein schrottreifes Frachtschiff, eine Fabrik mit Schlagseite, die eine Seite mit Rostflecken übersät. Der von Säure zerfressene Namenszug war noch leserlich: *COLUMBUS*. Abimaël öffnete die Tür zu den Frachträumen. Er ging uns in einen riesigen Laderaum voraus, wo das Wasser von Roststalaktiten herunter tropfte und überall plätscherte. Die Indianerin schirmte mit der Handfläche eine brennende Kerze ab, während der Alte den Refrain eines Seemannsliedes über einen betrunkenen Matrosen sang, der im ganzen Raum widerhallte. Auf dem Boden des Frachtraums, unter den verschmierten Rohren, stand die Klappe des Dampfkessels weit offen. Um ihn herum war Palettenholz gestapelt. Die Indianerin entzündete ein Feuer. Abimaël ließ sich auf einen ausgebreitet auf dem Boden liegenden Karton fallen.

»Sie haben vorhin geweint«, sagte er.

»Ja. Ich weiß auch nicht warum.«

»Und jetzt sind Sie mit uns zusammen.«

»Ja.«

»Wieso?«

»Ich weiß es nicht.«

Er führte seine Hand auf eine merkwürdige Art und Weise an mein Gesicht, so als wollte er sich versichern, dass ich auch real war. Er murmelte:

»Merkwürdige Begegnung, Mr. Gründ. Normalerweise verkehre ich mit verschwommenen oder unscharfen Körpern, aber bei Ihnen habe ich es mit etwas ... Festem zu tun. Was ist fest an Ihnen? Sind Sie es? Ist es der Grund, der Sie zu mir geführt hat? Sollten Sie derjenige sein, auf den ich seit vielen Jahren gewartet habe? ... Merkwürdige Begegnung, Mr. Gründ, Sie ähneln wie ein Bruder dem Lösungswort meines Rätsels.«

Sein Blick verlor sich. Dann wendete er sich der Indianerin zu und redete mit ihr in einer mir unbekannten gutturalen, ein wenig zischenden Sprache. Sie ging hinter den Dampfkessel und kam mit einer Flasche zurück, auf deren Etikett Wacholder stand, die aber keinen Wacholderschnaps enthielt, sondern etwas, das wie ein Gemisch aus Wasser und Milch aussah.

Als Abimaël die Flasche in Händen hielt, kehrte auch seine Schalkhaftigkeit zurück:

»Auf, nur Mut, Mr. Gründ ... Der Ort eignet sich ganz hervorragend für einen Mord.«

»Hören Sie auf ... Dazu bin ich nicht imstande.«

Er hielt mir die Flasche hin.

»Wie wär's mit vergiften?«

Es schmeckte süß und bitter zugleich, sehr hochprozentig. Er trank auch davon. Die Indianerin tat es ihm gleich und reichte die Flasche wieder an mich weiter. Der zweite Schluck schien aromatischer als der erste. Man schmeckte den Anis, vielleicht die Koka, Kräuter nach einem Regenguss.

»Was ist das?«

»Eine Art Chicha.«

Ab dem dritten Schluck passierte etwas Eigenartiges mit einem: Das Feuer vergrößerte sich sichtbar, es spie jetzt goldene Flammen, die sich im gesamten Rumpf ausbreiteten und als glühende Lava von den Decken und Wänden tropfte. Der Raum verwandelte sich in eine brennende Kathedrale, deren sämtliche Orgelpfeifen sie erbeben ließen. Die Gesichter Abimaëls und der Indianerin flackerten in der Gluthitze. Ich sah ihre geschwollenen Lippen, ihre Augen wie Steine auf dem Grund klarer Bäche, aquamarin die Augen des einen, dunkel glänzend die der anderen, ich sah ganz deutlich das Blut unter ihrer durchsichtigen Haut pulsieren, ihre sehr weißen Emailzähne, ihr Lächeln, das dem Schnee in der Sonne glich, etwas, das eine Art Seelenstrom zu sein schien, der mich plötzlich ganz leicht, rege und vergesslich machte, wobei ich wie ein trunkener Schmetterling unter den Gewölben umherflatterte …

Von da an verblasst meine Erinnerung. Es sind mir nur ein paar Bilder im Gedächtnis geblieben.

»Ich glaube, das Schiff läuft aus«, sagte Abimaël. »Das ist der Beginn der Reise …«

Die Indianerin schaut mich an, als würde sie sich über den Rand eines Brunnens lehnen, sie murmelt:

»Ich bin Chenga.«

Dann sehe ich, wie der Alte mit nach hinten geworfenem Kopf und etwas vor sich hin lallend auf dem Boden liegt. Ich frage Chenga:

»Was sagt er?«

»Er träumt«, antwortet sie. »Er träumt von Tahuantinsuyu.«

An das, was dann folgte, erinnere ich mich noch ungenauer. Ich erinnere mich an schwarzes Fleisch, die Berührung einer Alge, die Schnauze einer Hirschkuh, die meinen Hals streichelt, ich spüre einen langen und schmächtigen Körper, er schmiegt sich an mich, er öffnet sich, öffnet sich immer weiter, bis er mir silberne Salven entreißt, um dann wie eine mit Aromen gesättigte Frucht niederzufallen.

Am Morgen war mein Kopf schwer, die Haut war gereizt und schmerzte. Es dauerte eine ganze Weile, bis ich überhaupt etwas erkennen konnte: hier das Gerippe des Dampfkessels, wo die Glut noch knisterte, dort der verlassen daliegende Karton Abimaëls. Auch die kleine Indianerin war verschwunden. Ein vertikaler weißer Lichtstrahl drang durch die Decke des Rumpfs.

Als ich auf dem mit Pfützen und verrosteten Rohren übersäten Deck der *Columbus* angelangt war, dachte ich, dass dies alles nur ein Traum gewesen sei. Aber meine linke Faust wollte es nicht glauben. Es fiel mir schwer, sie zu öffnen: meine Finger umschlossen gelbe Raphiablumen. Die Möwen schrien lauthals am klaren Himmel. Ich rannte los.

8

Anatol Stukowski sah mich mit einer Zurückhaltung an, die ich bei ihm nicht kannte. Er umschloss die Zigarre mit seinen Lippen, öffnete sie behutsam wieder und blies bedächtig eine wild durcheinander wirbelnde Rauchwolke aus, die sich so langsam verflüchtigte, dass ihm alle Zeit der Welt blieb, seine Gedanken zu ordnen. Auch ich sah ihn an. Über den runden Augen bewegte sich der dicke Busch seiner mit langen weißen Haaren durchsetzten Augenbrauen auf und ab. Eine Warze betonte seinen linken Mundwinkel, während sich sein Kinn in vier konzentrischen, vollkommen gerade verlaufenden Hautfalten fortsetzte. Manchmal strich er darüber wie über einen imaginären Bart. Ich betrachtete Anatol Stukowski zum allerersten Mal in allen seinen physiognomischen Einzelheiten. Vorher hatte ich mich mit einer ungefähren Vorstellung zufrieden gegeben, einem von einer Glastür verdeckten Schatten, dem Bild eines dicken, schwerfälligen Nachbarn mit feuchtem Mund. Jetzt hätte man sagen können, daß ich ihn ungewöhnlich scharf vor Augen hatte, und genauso erkannte ich auch, dass die Blütenblätter der Tapete nichts anderes waren als wilde Pinselstriche, dass die Posaune spielenden Engel von einem boshaften Künstler gefertigt worden waren und dass die Titel der Bücher auf dem Kamin wie folgt lauteten:

Strafgesetzbuch 1
Strafgesetzbuch 2
Strafgesetzbuch 3
How to kill
Strafgesetzbuch 4

Es blieb Stukowski auch nicht verborgen, dass sich in meiner Art und Weise, ihn anzusehen, etwas verändert hatte. Schließlich kratzte er sich ausgiebig an der Nase und wiederholte, indem er jede Silbe betont in die Länge zog:

»Versuchen Sie doch mal, mir zu erklären, Gründ, wo denn da ein Irrtum vorliegen sollte?«

»Jemand, der in hundert Meter Höhe regungslos über dem Abgrund sitzt, kann wohl nicht der Säufer sein, den Sie mir beschrieben haben, Mr. Stukowski.«

»Das ist Haarspalterei, Gründ ... Was zählt, ist das Gesamtbild, nicht die Details. Fangen wir nochmal von vorn an: er hieß also wirklich Abimaël Green?«

»Ja.«

»Er wurde von einer jungen Mexikanerin begleitet.«

»Indianerin.«

»Erkennen Sie ihn wieder?«

Er hielt mir ein Foto hin. Er war es, aufgenommen wie jemand, der auf der Flucht ist, von hinten im Profil auf einem menschenleeren Bürgersteig, der Arm verschwommen, der Mantel im Wind flatternd.

»Sie können also ganz beruhigt sein, Gründ. Abgesehen davon kann allein schon deshalb kein Irrtum vorliegen, weil wir selbst die Vorermittlungen durchgeführt haben …«

»Wir?«

»Jack Smell persönlich. Und um die Wahrheit zu sagen, es ist nicht leicht gewesen. Smell hat mindestens acht Wohnsitze ausgemacht.«

Stukowski blätterte die wenigen Seiten der Akten durch, zog einen Stadtplan daraus hervor, auf dem eine Route eingezeichnet war. Er las laut vor:

»Erstens: Arktower 23. Stock; zweitens: besetztes Haus in der Hudson Street Nr. 45; drittens: ehemaliges Konsulat von Guatemala; viertens: im Bau befindliches Gebäude, Huntington Avenue, zwischen der Nr. 31 und der Nr. 35; fünftens: St Jeremy-the-Birds, in der Krypta; sechstens: alter Containerhafen, im geschlossenen Teil des Freihafens; siebtens: Gully 4526 zwischen Jefferson und Niels Avenue; achtens: *Paradise Loft*. Diese Adresse schien uns die sicherste für eine erste Kontaktaufnahme zu sein. Wie Sie sehen, wurde nichts dem Zufall überlassen.«

»Und warum hat Jack Smell nicht selbst die Arbeit zu Ende geführt?«

»Wollen Sie, dass ich ihn wieder mit der Angelegenheit betraue?«

»O nein!«

»Wollen Sie sie selbst abschließen?«

»Ja, Mr. Stukowski.«

Erstaunt und offensichtlich entzückt über meine so rasche Entscheidung, stieß er eine dicke Rauchwolke aus und lächelte. Eine Zeit lang umspielten die Rauchbänder den behaarten Heiligenschein, der seinen Kopf umgab.

»Gut, Gründ, gut ... Jetzt erkenne ich den echten Vertrauensmann wieder, der Sie für mich sind.«

Helena erwartete mich voller Ungeduld. Sie hatte sich ihre Haare grünlich blond gefärbt und ein enganliegendes Abendkleid angezogen, dessen Schlitz bis zum Oberschenkel reichte. Sie stürzte sich gierig auf mich.

»Diese wenigen Tage sind mir wie eine Ewigkeit vorgekommen«, seufzte sie.

Unten auf der Straße wartete ein blitzender und geschwungener, rosa lackierter Mietwagen mit weißen Radkappen auf uns. Das Leder duftete nach Leder, das Chrom verströmte noch den Geruch jener Milch, die Chrom blinken lässt, und mit diesem Auto glitten wir lautlos über die Hauptverkehrsstraßen der Stadt. Helena saß genauso lasziv am Steuer wie in der Badewanne, durch ihr Haar strich der durch die Lüftungsöffnungen eindringende Wind, auf ihren Lippen lag ein eingefrorenes Lächeln, während die Neonlichter der Stadt eines nach dem anderen angingen und so eine Eskorte für sie bildeten.

»Wohin fahren wir?«

»Sie werden schon sehen, mein Freund, Sie werden schon sehen ...«

Nachdem es vollständig dunkel geworden war, erreichten wir ein Autokino und standen inmitten anderer Limousinen, die ständig vor Ungeduld hupten, damit der Film endlich anfing. Ein kleinwüchsiger Mann klopfte gegen die

Scheibe, um Erdnüsse, Popcorn oder dicke Hackfleisch-Sandwiches zu verkaufen, an denen seitlich eine karamellisierte rote Sauce herunterlief. Der Film begann bombastisch. Es ging um einen sehr freundlichen und höflichen Mann, der die schlechte Angewohnheit hatte, hübsche Frauen umzubringen, indem er ihnen einen Trokar in den Nacken stach, allerdings nicht ohne sie zuvor betäubt zu haben, und das alles perfekt, denn schließlich war er ein bekannter Medizinprofessor, mit Familie und regelmäßigen Ferienaufenthalten in Florida. War die Nadel erst einmal in das Gehirn seines Opfers eingedrungen, saugte er die Gehirn- und Rückenmarksflüssigkeit aus, während er den ersten Satz des Konzerts für Violine op. 35 von Peter Iljitsch Tschaikowskij in einer Aufnahme der Wiener Philharmoniker unter der Leitung von Nathan Milstein hörte. Als er gerade damit beschäftigt war, sein fünftes Opfer auszusaugen, merkte ich, dass Helenas Blick auf mich gerichtet war. Ihren Lippen war eine gewisse Faszination abzulesen, auch wenn alles nur den Bruchteil einer Sekunde dauerte. Nachdem der Professor das Gehirn der hübschen Damen verspeist hatte, überlebten diese nur in den seltensten Fällen. Wenn sie nicht auf der Stelle starben, welkten sie im Rollstuhl sehr schnell dahin. Gegen Ende des Films beging er bei der Auswahl des Opfers glücklicherweise einen fatalen Fehler. Der Professor saugte immer nur intelligente Blondinen aus, er hätte aber die Wahl seiner Opfer variabler gestalten müssen, um das FBI hinters Licht zu führen, das eine blonde, intelligente und beeindruckend muskulöse Untersuchungsbeamtin auf ihn angesetzt hatte, die schließlich den Trokar zwischen den Augenbrauen des Arztes ansetzte und zustach. Jetzt brauchte man nur noch einem kleinen, ausgehungerten Laboraffen einen Strohhalm anzubieten, und er ist gegenüber den furchtbaren Zuckungen, unter denen der Henker zugrunde geht, vollkommen unempfindlich. Dieser kam nämlich nicht in den Genuss einer Betäubung, was die Moral des Films rettete. Helena beschloss, dass es *gorgeous* gewesen sei.

Als wir dann in der Dunkelheit in ihrem schönen rosafarbenen Chevrolet über die beleuchteten Hauptstraßen der Stadt glitten, schien sie nur für sich allein zu lächeln, während sie die schönsten Szenen des Films noch einmal vor ihrem inneren Auge ablaufen ließ und sich schon im Voraus auf die Nacht freute, die uns gehören sollte.

Die Fortsetzung fand im *Majestic* statt, einem luxuriösen Hotel, vor dem ein riesiger Trupp Hotelboys stand, die wie bengalische Speerträger gekleidet waren. Horden von Menschen in schwarzen Smokings und prunkvollen Kleidern erzeugten mit einem Glas in der Hand im Empfangsraum des Hotels einen ungeheuren Geräuschpegel. Helena wollte mich dort unbedingt einer ganz neuen Freundin namens Rosa vorstellen, eine üppige Dame, die ein regenbogenfarbenes Kleid und einen Federhut trug. Rosa sagte, sie sei entzückt, endlich diesen ur-wienerischen und glänzenden Professor für chinesische Astrologie kennenzulernen, über den Helena ihr so viel erzählt hatte. Unglücklicherweise war sie genau wie ich im Jahr des Affen geboren, eine herrliche Koinzidenz, die es ihr endlich ermöglichte, alles über ihr Horoskop zu erfahren: Familie, Geld, Liebe, Karriere. Scheuen Sie sich nicht, mir die Wahrheit zu sagen, Professor, ich akzeptiere Gutes wie Schlechtes gleichermaßen. Fasziniert vom Hin und Her der kleinen Perlen, die an der Oberfläche meines Champagnerglases tanzten, betete ich schnell nur das Gute herunter, was ihr Seufzer der Erleichterung entlockte und im übrigen ihre tiefsten Ahnungen bestätigte. Das Gespräch driftete vom Affen zum Schwein ab, dann vom Schwein nach Österreich, einem sensationellen Land, das sich vom Atlantik bis zum Ural erstreckte und dem sie wild durcheinander die Pinakothek, den Trevi-Brunnen, Venedig, Prag, Budapest und andere Sehenswürdigkeiten einer Europareise zuordnete, die ihr Leben verändert hatte. Dann näherte sich ihr von hinten einer ihrer alten Freunde, der ihre Hüften umschlang, so dass sie vor Erregung hochhüpfte. Schluss mit Österreich, auf Wiedersehen Affe und Schwein. Liebevoll umsorgt, ging sie Arm in Arm mit ihrem alten Freund in Richtung Bar davon und ließ mich mit meinem Stielglas und meinen Perlen inmitten der lärmenden und bunt gemischten Menschenmenge allein stehen. Helena war ebenfalls verschwunden. Rechts von mir diskutierte man ernsthaft über den wirtschaftlichen Aufschwung, der sich nicht einstellen wollte, das Wachstum, das auf sich warten ließ, die Immobilienpreise in Tokyo, die dritte Chip-Generation und über Seife, die, man mochte es drehen und wenden, wie man wollte, wieder zu einem sicheren Wert wurde. Zwei Frauen unterhielten sich mit zusammengesteckten Köpfen in einem Duett, dessen Partitur der Komponist anscheinend durcheinander gebracht hatte. Drei Männer sprachen mit gesenktem Kopf über einen vierten, abwesenden. Eine alte Dame geriet in Verzückung. Eine junge rückte ihren Rock von hinten zurecht. Ein Ballon versuchte wieder vom Leuchter loszukommen, in dem er sich verfangen hatte. Zwischen den einzelnen Grüppchen tänzelten die Kellner, die heimlichen Verantwortlichen für die allgemeine Trinkerei. An den Revers der Jackets trugen sie alle denselben Anstecker, der auch die Hostessen schmückte, die gelb wie Karamellbonbons gekleidet waren. Der Anstecker stellte einen antik anmutenden Portalvorbau über einer Ananas dar. In einer Riesenversion prangte er blinkend an der Gegenwand des Raums und, mit der Zahl 40 versehen, um ein Vielfaches multipliziert auf einer Unmenge kleiner Fähnchen, von denen eine im Fleisch eines rosafarbenen Fisches steckte, der auf einer riesigen Platte in der Mitte des Büfetts lag.

Ein Mädchen trat an das Büfett heran, um das Tier zu zerlegen. Helena war immer noch unauffindbar. Wie alle anderen auch nahm ich mir ein Stück davon. Von meinem Nachbarn erfuhr ich, dass wir die vierte Milliarde einer Firma namens GELATINI oder GELATONI feierten, deren Geschäftsbereiche weltweit von Teigwaren über Kunstgummi bis hin zu Bauxit und Kettenfahrzeugen reichte. Während ich dem Mann zuhörte, beschlich mich ein merkwürdiger Gedanke. Er hieß ganz bestimmt Johnson, aber es hätte ihm nicht viel gefehlt, vielleicht ein paar Zähne weniger, um Abraham Kupfer, meinem Nachbarn in der Schlange vom Vorabend, ähnlich zu sehen. Normalerweise erzeugt diese Art von Gedanken bei mir so etwas wie einen vollkommen deprimierenden existenziellen Schwindelzustand. Welcher Unterschied bestand zwischen der Suppe von gestern und dem Lachs von heute? Zwischen dem Champagner und dem Palmenschnaps? Zu beidem drängte man mit derselben Gier. Das Bild Sheilas war hier x-mal vorhanden, die Watsons plauderten in spöttischem Ton miteinander und die Laverdures tauschten die Zahlen vom Tage aus. Da ich bei Festen immer das Bedürfnis verspüre, woanders zu sein, denke ich sogar, ich hätte den Gestank im *Paradise Loft* dem widerlich süßen Parfümduft im *Majestic* vorgezogen. Hinter dem nur noch aus Gräten bestehenden Lachs nahm eine riesige Pamela Dexter meinen Teller entgegen und gab mir reichlich davon. Die Soßenschüsseln quollen über, und unter gierigen Ausrufen zerrann den Frauen der Lippenstift. Zum Glück ließ sich besagter Johnson, der ebenso allein herumstand wie ich, auf eine kleine Unterhaltung ein. Er war verheiratet, arbeitete seit zehn Jahren bei Gelatini oder Gelatoni, lebte in einem neu gebauten Haus in Riverside und fand die Jahreszeit weit vorangeschritten, die Welt sehr kompliziert und den Lachs perfekt. (Um ehrlich zu sein, mir waren die Redepausen Kupfers, auch die von den Essgeräuschen der Suppe begleiteten, lieber als diejenigen von Johnson.) In diesem Moment führten mir die Rufe von Rosa und Helena meine Anwesenheit auf dieser Welt wieder zu Bewußtsein. Wo hast du denn gesteckt, mein Lieber? – Wir haben Sie überall gesucht, Professor ... In ihrem Gefolge ein gewisser Tracy, ein muskulöser Jungmanager, der ein Fitnessanhänger und im Jahr des Drachen geboren war. Da auch er schon viel von mir gehört hatte, musste ich noch einmal meine Verheißungen zum Besten geben: Liebe, Geld, Reisen und Karrieresprung, was ihn zwar erfreute, jedoch nicht wirklich überraschte, da die Menschen über ein erstaunliches Maß echter Vorahnungen verfügen. Ein Beckenschlag, gefolgt von einem Beifallssturm, unterbrach schließlich unsere Unterhaltung. Der Held des Tages hatte die Bühne betreten. Es handelte sich um eine von vier kräftigen Kellnern getragene Riesentorte. Auf einer Schicht aus Ananas stellte sie eine lange Reihe antik anmutender Portalvorbauten, Engelchen und Apollons aus Zucker dar, überragt von einer majestätischen, Funken sprühenden 40. So viele Symbole auf einmal, obendrein auch noch alle essbar, bewegten die Gemüter selbst dann noch, als das Orchester zu spielen begann. Es spielte schmalzige und rhythmische Musik, die schließlich einige Paare auf die Tanzfläche lockte. Als ich sah, wie Helena klammheimlich zur Bühne schlich und einem der Musiker etwas ins Ohr flüsterte, wusste ich, dass meine Stunde gekommen war. Ein Walzer natürlich. Kommen Sie, lieber Leonard, zeigen Sie sich, wie Sie sind. Ich hätte lieber zwanzig Jahre meines Lebens im *Paradise Loft* verbracht, als mich in Helenas Arm auf die leere und schimmernde Tanzfläche zu begeben, als die ersten Takte der Melodie erklangen, die dem großen romantischen Fluss gewidmet war. Eins, zwei, drei. Eins, zwei, drei. Helena übernahm das Ruder und das Steuer zugleich. Sie hämmerte mit dem Absatz auf den Boden, nahm strenge Tango-Posen ein und legte dann wieder dermaßen schwungvoll los, dass die Leute beiseite traten, um uns Platz zu machen. Eins, zwei, drei. Eins, zwei, drei ... Wieder war ich meinem verfluchten Schwindelgefühl ausgeliefert. Wir drehten uns, wir drehten uns, aber wo war ich? Auf dem polierten Fußboden des *Majestic* oder auf dem vor Fett glänzenden Kachelboden des *Paradise Loft*? War das eine nicht die Kehrseite des anderen? Und was war hier echt außer der spiegelglatten Tanzfläche (eins, zwei, drei, eins, zwei, drei ...), die sich immer schneller drehte und an deren Rand ich das mir verbliebene bisschen Gleichgewichtsgefühl zusammenraffen musste? Es ist gewagt, über den Rand einer Tanzfläche hinauszutreten. Unsere Darbietung endete ziemlich erbärmlich in den bedauerlicherweise nicht vorhandenen Seilen dieses improvisierten Rings. Allerdings war dieses Desaster durchaus heilsam, denn Helena, die leichte Quetschungen davongetragen hatte, wollte sich lieber französisch aus dem Saal verabschieden, als sich hämischen Blicken auszusetzen. In unserem Zimmer im zwanzigsten Stock des *Majestic* waren wir endlich wieder allein. Von der Dusche führte ein roter Teppich zum Bett. Helena duschte sich, ging barfuß über den roten Teppich und streckte ihren noch ganz feuchten, reinen und dampfenden Körper auf dem Bett aus. »Nur zu«, sagte sie. »Seien Sie grausam, wenn nötig, seien Sie wienerisch ...« Ich weiß nicht, was für eine neue Phantasie sie zu diesem Verhalten veranlasste. Später zog sie eine Lederhose an. Ihre Marotten wurden noch exzentrischer. Sie staffierte mich mit einem Patronengurt und einer Muskete aus. Mitten in unserem Liebeskampf schien es mir, als würde sie Pedro, Pedro rufen. Zugegebenermaßen war auch ich nicht ganz bei der Sache. In dem Moment, als ich sie besaß, entdeckte ich in ihr einen anderen, sehr viel jüngeren, wilden Körper aus festem Fleisch, ein kleines tierisches Wesen, und bei der Erinnerung an unsere Begegnung im Innern des auf Reede liegenden Frachtschiffs trieb es mir beinahe die Tränen in die Augen.

»Sie sind woanders«, flüsterte Helena.

»Wo sollte ich sein?«

»In Wien, da bin ich mir ganz sicher, in den Salons der Hofburg.«

Während sie das sagte, fuhr sie langsam mit ihrem Finger, der alles wusste, über mich.

»Sei's drum, mein zärtlicher Kutscher«, erklang wieder ihre raue Stimme. »Wenn Sie schon mal in Wien sind, dann bleiben Sie ruhig dort.« Und sie drehte die Musik voll auf. *Johann Strauss, Perpetuum Mobile.* Dann sprang sie auf den roten Teppich, wickelte sich nackt in ihren Umhang ein und stellte sich wartend vor mir auf.

9

Die Geschichte Minuchins wies gewisse Ähnlichkeiten mit meiner eigenen auf, und sie ging schlecht aus. Doktor Watson mochte Geschichten, die schlecht ausgingen. Er ließ mich vor dem Fenster des *Paradise Loft* Platz nehmen, um mir mit offensichtlicher Genugtuung Minuchins tragische Odyssee zu erzählen. Und während er erzählte, starrte er mich die ganze Zeit lang an, wobei das Auge in seiner Höhle sich unmerklich hin und her bewegte, damit ich das, was ich verstehen sollte, auch wirklich verstand.

Michaël Minuchin war Russe, sprach aber finnisch. Während des Krieges im Winter 1939 bekam er den Auftrag, die Frontlinie zu durchdringen, um einen finnischen Unteroffizier zu treffen, der mit den Kommunisten sympathisierte. Minuchin sollte ihm einen Brief übergeben, im Gegenzug einen Brief von ihm ausgehändigt bekommen, und anschließend sollte er wieder zurück auf die russische Seite der Front. Zur Erledigung dieses Auftrags hatte man ihn in eine finnische Uniform gesteckt, ihm eine ziemlich zuverlässige Wegbeschreibung gegeben und ihn, trotz des Schnees, mitten im verminten Niemandsland, das die niederschmetternden Spuren der Schlachten trug, die man sich hier in den letzten Tagen geliefert hatte, in die Polarnacht entlassen: zerschossene Panzer, verlassene Dörfer, improvisierte Befestigungsanlagen und leere Schützengräben … Minuchin verirrte sich in dieser fremden Umgebung. Vielleicht brachte er eine Mine zur Explosion, die ihn nicht verletzte, deren Verpuffung aber eine mehrstündige Benommenheit bei ihm hervorrief. Niemand wird es je erfahren. Tatsache ist, dass sich Minuchin bei Tagesanbruch, falls man die wenigen Augenblicke fahlen Lichts als Tag bezeichnen kann, in einen Schützengraben verkroch, gefangen zwischen dem Feuer seiner Kameraden auf der einen und dem Feuer der Feinde auf der anderen Seite, wobei er weder wusste, wer denn nun seine Kameraden und wer seine Feinde waren, noch warum er die gegnerischen Linien durchdringen sollte, und erst recht wusste er nicht mehr, was das überhaupt bedeutete: durchdringen. Und so irrte er eine unbestimmte Zeit lang durch das Niemandsland wie eine Seele durch die Hölle, während die Erde unter seinen Füßen bebte, die Geschosse durch die Luft pfiffen und das Pulver an beiden Horizonten sein zerstörerisches Werk tat. Der Ort war ungemütlich, aber erträglich: Es gab Nahrungsvorräte, und er konnte die Mäntel der toten Soldaten, mit denen die Schlachtfelder übersät waren, überziehen.

»Wissen Sie, woran tote Soldaten auf den Schlachtfeldern erinnern, Gründ?«

»Nein.«

»Manche umschließen ihre Waffe in einer embryonalen Haltung. Andere richten sich auf, um ein letztes Mal Luft zu holen. Sie warten noch. Bei Schnee und Frost gehören sie nunmehr zum großen Volk der Statuen …«

Leichtes Lächeln, nervös zuckendes Auge bei Angel Watson. Er setzt seine Erzählung fort.

»Während Minuchin umherirrt, stößt er auf ein Geisterdorf, dessen ehemalige Schule ein überstürzt verlassenes Hauptquartier beherbergte. Hier stapeln sich Munitionskisten und vor allem Karten, ganze Haufen von Karten. Hier findet Minuchins Wahnsinn schließlich seine Nahrung. Er stellt fest, dass diese Stabskarten auf eine merkwürdige Art und Weise seiner ersten, verloren gegangenen Wegbeschreibung ähneln, und er glaubt, mit Hilfe dieser Karten den Standort seiner Truppen und derjenigen der Feinde genau bestimmen, die strategischen Bewegungen begreifen, den Grund für den Krieg und vor allem den Grund für sein Hiersein, den ursprünglichen Grund herausfinden zu können. Dann konnte sich Minuchin nicht mehr von diesem Gedanken lösen, er analysiert eine Karte nach der anderen, studiert sie, legt sie übereinander, zeichnet sie fieberhaft ab. Er ist so sehr in diese Arbeit vertieft, dass er nicht einmal mehr die näher kommenden Detonationen wahrnimmt. Tage vergehen, die Russen belagern den Unterschlupf und erkennen den verstörten Finnen nicht wieder, der zusammengekauert vor einem Haufen alter Stabskarten sitzt. Auch er erkennt sie nicht wieder. Alles, was er wünscht, ist, diese Karten zu behalten. Mit ihrer Hilfe glaubt er, endlich an der Schwelle zum Verständnis seiner Wahrheit und seiner Zugehörigkeit zu stehen. Das ist der Kern der Geschichte. Die Russen hätten ihm niemals diese überflüssigen Stabskarten unter dem Vorwand aus der Hand reißen dürfen, dass es sich dabei um Staatsgeheimnisse handelte.

Denn seither ist Minuchin davon überzeugt, dass man ihm etwas verheimlicht hat. Den ganzen Irrtum seiner Existenz projiziert er jetzt auf diese Kartons, auf die er unermüdlich das hinkritzelt, was ihm in Erinnerung geblieben ist. Manchmal glaubt er, fündig geworden zu sein, und er stellt seine Suche einen Augenblick lang ein. Am darauffolgenden Tag beginnt sie von neuem ... Diese Geschichte konfrontiert uns mit einem schwerwiegenden und schmerzlichen ontologischen Problem, Gründ, und deshalb erzähle ich sie Ihnen überhaupt. Gibt es eine modernere und desillusioniertere Version des Höhlengleichnisses?«

Watsons Augen glänzten. Sheila hatte sich gegen den Türrahmen gelehnt, und Abraham Kupfer hörte mit offenem Mund zu. Hinter ihm, hinter den schmutzigen Scheiben bewegten sich die Kräne langsam im Himmel über dem Niemandsland, und man erkannte, dass in den oberen Stockwerken des Rohbaus ganz kleine Menschen geschäftig zu Werke gingen. Abimaël Green war also nicht da.

»Warten Sie, ich muss Ihnen etwas zeigen«, beharrte Watson, und er ließ Minuchin rufen, der gerade erst aus einem tiefen Schlaf aufgewacht zu sein schien. Watson erteilte ihm, mal auf russisch, mal auf finnisch, in sehr schroffem Ton Befehle, und der arme Kerl antwortete wie ein Automat in der Sprache, in der jeweils der Befehl erteilt worden war, dann drehte er sich um die eigene Achse, indem er immer schneller salutierte und die Hacken zusammen knallte. Schließlich hielt er abrupt inne.

»Das lässt sich jederzeit genauso wiederholen«, frohlockte Watson. »Wissenschaftlich sauber.«

Nachdem die Demonstration zu Ende war, setzte Minuchin sich langsam hin, ohne uns aus den Augen zu lassen. Mir war es äußerst unangenehm, dass auf mir, genau wie auf Watson, dieser Blick eines verängstigten Tieres lastete. Am liebsten hätte ich Minuchin gesagt, dass ich nicht zum Lager dieses näselnden, dreckigen kleinen Doktors gehörte, dass seine wissenschaftlich saubere Erklärung zu schön war, um wahr zu sein, und dass sie dem wirren Gerede über nicht mehr gültige Stabskarten ähnelte, die nichts zum Verständnis unseres Lebens beitragen. Und warum war denn ein so brillanter Mann wie Watson überhaupt beim Pöbel im *Paradise Loft* gelandet, wenn nicht aufgrund irgendeiner perversen oder nekrophilen Geschichte, die niemand jemals imstande wäre zu erzählen? ... Nicks Frau schrie sich in ihrem Kabuff die Seele aus dem Leib: *open, open* ... Und man hörte, wie im Fernsehzimmer die Sessel über den Boden kratzten, während Kupfer durch den Raum hüpfte, um einen guten Platz in der Schlange der Schnapsbrüder zu erobern. Zurück blieben Sheila, Minuchin, Watson und ich, zurück blieben die schmutzigen Tische, die das schmutzige Licht einer schmutzigen Sonne reflektierten. Ich fragte Watson:

»Und Green?«

»Wie, Green?«

Den leicht verzogenen Mundwinkeln nach zu urteilen, mochte Watson den Inka nicht besonders.

»Kommt er heute?«

»Ganz bestimmt nicht. Er war vorgestern hier, er wird wohl erst wieder in frühestens acht Tagen auftauchen.«

»Wo ist er jetzt?«

»In den Eingeweiden der Stadt, vielleicht. Oder irgendwo ganz oben, ganz weit oben. Dieser Herr möchte sich von der Masse abheben.«

»Kennen Sie auch seine Geschichte?«

Watson überlegte eine Zeit lang, bevor er antwortete:

»In gewisser Hinsicht sind sich Green und Minuchin auf eine eigentümliche Art und Weise ähnlich. Wenn ich Ihnen sagen würde, dass Green auf seine ganz eigene Art Karten vollkritzelt und sich mit Routen beschäftigt, dann würden Sie sicher vermuten, es handelte sich um eine ähnliche Krankheit. Aber bei ihm liegt die Sache ganz anders. Unter der Rubrik: Kartenmanie und Konfusionitis haben wir es hier mit einem ziemlich interessanten Beispiel für eine differenzielle Diagnose zu tun. Sagen wir, um die ganze Sache ein wenig zu vereinfachen, dass Green sucht, was er weiß, wohingegen Minuchin nicht weiß, was er sucht. Aber beide suchen sie, beide tasten sich voran und beide hinterlassen überall kleine, kryptische Zeichen. Während Minuchin jedoch unter einer umfassenden Störung leidet, ist Greens Krankheit ohne weiteres zu lokalisieren, sein Fall gehört eindeutig in das Kapitel Amnesie: Irgendwo ist er einmal jemand gewesen, nur erinnert er sich nicht daran. Geben Sie ihm ein Stück von dieser Vergangenheit, die er sucht, und es ist nicht ausgeschlossen, dass er sich wieder zu erinnern anfängt. Geben Sie Minuchin dagegen die ursprüngliche Route und obendrein noch den versiegelten Brief des Winters 39-40, und ich wette mit Ihnen, dass dieser Unglückliche weder das eine noch das andere wiedererkennen wird. Zeigen Sie ihm am darauffolgenden Tag eine orographische Aufnahme von Sumatra-Java-Borneo, dann wird er Ihnen dieses Schriftstück aus der Hand reißen und es unter sein Kopfkissen stecken, so als läge seine Wahrheit in den Tiefen dieser Vulkaninseln verborgen. Greens Krankheit ist demnach etwas weniger hoffnungslos als die von Minuchin. Von einem mikroanatomischen Standpunkt aus betrachtet, könnte man das Großhirn des einen mit einem Schweizer Käse vergleichen und dasjenige des anderen mit einem Weichkäse. Und was Greens Kauderwelsch betrifft, versichere ich Ihnen gleich, dass das ein typisches Symptom bei Menschen ist, die an Gedächtnisschwund leiden. Da sich ihr Leben über der Leere abspielt, haben sie sich zu wahren Trapezkünstlern und Meistern im Erzählen von Lügenmärchen entwickelt.«

»Woher wissen Sie das alles?«

»Geduldige Beobachtung. Haben Sie Greens Augen gesehen?«

»Ja.«

»Diese Augen lügen nicht. Wissen Sie, warum es der Legende nach verboten war, dem Inka in die Augen zu sehen?«

»Nein.«

»Weil er der Sohn der Sonne war, konnte er einen mit einem einzigen Blick für immer blenden. Diese Art Glauben war nützlich für die Monarchie und verlieh dem Herrscher Glanz. Aber ich rede hier von den großen Inka der Geschichte und nicht von Green, der nur eine mittelmäßige Kopie ist. Dennoch verdankt er der Amnesie diese ganz besonderen, von der Leere gesäumten, merkwürdig faszinierenden Augen.«

»Warum wird er der Inka genannt?«

»Er trägt eine peruanische Mütze, und schon huldigt man ihm. Im *Paradise Loft* braucht man nur eine Krone tragen, um König zu sein. Im übrigen habe ich die begründete Vermutung, dass er irgendwann schon einmal in dieser Gegend umhergezogen ist.«

»In einem früheren Leben?«

»Wenn Sie so wollen. Die an Amnesie leidenden Menschen haben uns gegenüber den Vorteil, ihr früheres Leben in ihre aktuelle Existenz einbauen zu können.«

»Wissen Sie, wo ich ihn finden kann?«

»Versuchen Sie's im P.K. Tower, Hudson Avenue. Versuchen Sie's auch in St Jeremy-the-Birds, natürlich hoch oben im Himmel, zwischen den Engeln und Tauben. Wenn man Green finden will, muss man immer den Kopf heben. Es sei denn, er hält sich gerade im Untergrund auf, dann gestaltet sich die Suche etwas schmutziger. Darf ich Ihnen jetzt mal eine Frage stellen, Gründ?«

»Nur zu.«

»Ist er es, den Sie haben wollen, oder ist es das Mädchen?«

»Er, eher er ...«

»Sind Sie wirklich sicher?«

»Ja.«

»Wenn Sie mit ihm eine Rechnung zu begleichen haben, dann ist das in Ordnung. Aber ich gebe Ihnen einen Rat: Lassen Sie sich das Mädchen nicht entgehen, und wenn sie noch so viele Scherben in den Taschen hat ...«

»Warum?«

»Wegen dieser einen Kleinigkeit: Sie werden sehen, dass sie ein hübsches rundes Loch in der Nasenscheidewand hat.«

»Und weiter?«

Watson stellte seine gelben Zähne zur Schau.

»Ihnen mangelt es an ethnologischer Neugier, Gründ. In unseren Gesellschaften lassen sich die Frauen Löcher in die Ohrläppchen stechen, aber nicht in die Nasenscheidewand. Das bedeutet, dass diese kleine Göre keine Schlampe aus Mexiko oder Chihuahua ist, keine *putana* von Geburt an wie all die anderen. Sie muss schon als kleines Kind einen Ring in der Nase getragen haben. Ich würde meine Hand dafür ins Feuer legen, dass sie in einer Hütte tief im Regenwald am Äquator aufgewachsen ist. Glauben Sie mir als jemand, der die seltenen, reinen und noch jungfräulichen Dinge schätzt, dieses Mädchen ist eine Mine. Waidmannsheil, Gründ.«

10

Auf Watsons Ratschläge war Verlass. Abimaël Green saß am Rand der Kuppel von St Jeremy-the-Birds, genau zwischen Himmel und Erde. Um ihn herum ein halbkreisförmiger Chor ausgemergelter Engel, der für die Taubenschwärme sang, die unter dem Dach nisteten. Von unten erkannte ich den überzähligen Engel. Ich ging die Wendeltreppe hinauf, und sämtliche Glocken begannen zu läuten, als würden sie die ganze Stadt davon in Kenntnis setzen wollen, dass ich gerade den Turm erklomm. Als ich oben ankam, vibrierten sie immer noch, ihre Bohlen knarrten, ihre kopfgroßen Klöppel schwangen hin und her, ohne anzuschlagen. Chenga, die Indianerin, saß seitlich in einem Spitzbogen, durch den der Wind in Böen hindurch pfiff. In ihr Haar hatte sie eine Krone aus roten Blumen eingeflochten. Als sie mich erblickte, zeigte sie sich überrascht. Man hätte meinen können, dass sich ihr Körper für einen kurzen Augenblick an den meinen erinnerte. Allerdings wirkte ihr Blick dadurch nur noch wilder.

»Ich möchte mit Abimaël sprechen.«

Wortlos zeigte sie auf eine Jungfrau mit zusammengefalteten Händen, die mir als Leiter dienen konnte. Vom Sims aus erblickte man die Straßenschlucht der 6th Avenue, die bunte Flut der Autos, das düstere Gewimmel auf den Bürgersteigen. Urplötzlich erhob sich ein Vogel von einem Steinfeston. Abimaël schrie:

»Kommen Sie her, Mr. Gründ, kommen Sie her.«

Tastend näherte ich mich ihm über den schmutzverkrusteten Sims. Ich klammerte mich an den Statuen fest, von denen einige auf ihren Sockeln wackelten.

»Nur noch ein Schritt, Mr. Gründ, nur noch ein letzter Schritt ...«

Wenn man unmittelbar vor ihm stand, war Green massiv, saß fest wie ein Baum und starrte mit seinen klaren Augen den Horizont an.

»Gibt es etwas Schöneres als diesen Kampf der Giebel, Gründ? Mit einer einzigen Bewegung können Sie mich in die Tiefe stürzen, aber ich klammere mich an Ihnen fest, wir sind aneinander gefesselt, der Augenblick wacht über uns, der Boden kann sich jeden Augenblick unter unseren Füßen öffnen, der Sims ist der einzige Richter, und sie haben die Jakobsleiter entfernt. Daran soll's nicht liegen, lernen Sie zu erkennen, dass es einen Raum zwischen Ihrer Angst zu sterben und Ihrer Lust zu fallen gibt, lernen Sie, aus einem Korn einen Strand zu machen, den Kopf auf ein Kissen aus Luft zu betten und mit den Augen der Engel aus Stein zu sehen, deren Augenhöhlen vom Blei der Abgase verwittert sind. Nutzen Sie die Sichtweise der Engel, Mr. Gründ, betrachten Sie Ihre Mitmenschen, sehen Sie, wie sie überall einen hohlen Wohnsilo nach dem anderen aus dem Boden stampfen, und schon bald werden sie sich nicht einmal mehr daran erinnern, dass sie einst eine Erde hatten, eine gute Erde, die nach Asche und Saat duftete, sie werden vergessen, dass über ihnen ein Himmel war, sehen Sie nur, wie sie in den von ihnen selbst erzeugten schnellen Autos sitzen und die Hauptverkehrsstraßen ihrer Stadt hinunterrasen, doch je schneller sie laufen, desto bewegungsloser sind sie, und schon bald werden sie nicht mehr wissen, was Laufen bedeutet, sie erblinden wegen der künstlichen Beleuchtung, sie werden taub durch den von ihnen selbst verursachten Lärm …«

Ein Vogel setzte sich auf seinen Kopf, hüpfte von dort auf seine Schulter und unterbrach abrupt seinen Monolog. Es war eine mit weißen Federn geschmückte Turteltaube, die Prophezeiungen nicht besonders mochte. Ihr Kopf bewegte sich lebhaft hin und her, drehte sich mal zu mir, mal zu ihm, wobei es so wirkte, als würde sie leise gurren und vielleicht auch lächeln. Die Glocken begannen wieder zu läuten, der Vogel flog mit krachenden Flügelschlägen davon, und ich glaube, ich wollte ihm folgen, weiß es aber nicht mehr, spürte, wie ich eine Etage nach der anderen des Wolkenkratzers gegenüber hinunterstürzte, in dessen blau verglaster Front sich die reich geschmückte Fassade von St Jeremy-the-Birds spiegelte. Ich muss das Bewusstsein verloren haben. Meine Erinnerung setzt erst ein wenig später wieder ein: In meinem Kopf hatte ich einen Stein, es war dunkel, Chenga beugte sich über mich und ihr mit roten Blumen durchwirkter Zopf wedelte über meinem Gesicht hin und her.

»Man darf den Vögeln nicht folgen«, flüsterte sie mit ihrem jenseitigen Akzent, »Sie können noch nicht fliegen, Mr. Gründ …«

So brachte sie mich ins Leben zurück. Wir befanden uns auf dem Lettner von St Jeremy-the-Birds. Abimaël saß an der Orgel. Seine Finger liefen geräuschlos über die Tastatur. Er hatte den Kopf nach hinten geworfen und hielt die Augen geschlossen.

»Was tut er da?«

»Er spielt«, sagte Chenga, »er spielt eine Melodie aus Tahuantinsuyu.«

Es wurde Abend in der Stadt. Wir begaben uns mitten unter die Menschenmenge in der Silverneck Avenue. Einem einsamen Stelzvogel gleich ging Abimaël voran, gefolgt von Chenga. Die rote Andenmütze mitten im Gewühl, dann eine rote Krone. Ich lief ständig Gefahr, sie aus den Augen zu verlieren. Der Ort, an dem wir die Nacht verbringen sollten, trug noch das verblasste Konsulats- oder Botschaftsschild. Man musste über Gitter steigen, einen verwilderten Garten durchqueren, eine alte Trittleiter gegen ein Fenster stellen und die Läden hinter sich wieder schließen. Im Innern roch es nach kaltem Staub. Die Treppe in der Eingangshalle zeichnete sich in der Mondhelle einer Straßenlaterne ab. Im Obergeschoss schnarchte ein Mann auf seinem Stuhl, der zwischen zwei Kerzenständern stand, die vollständig mit getrocknetem Wachs bedeckt waren. Unter seiner offen stehenden, mit Tressen und goldenen Knöpfen besetzten Jacke war seine nackte Haut zu sehen. Die noch lebhaft leuchtende Flamme warf wilde Lichtschimmer an die mit Zierleisten versehenen Decken und die Fresken an den Wänden.

Abimaël beugte sich über den Mann:

»Horatio, wir sind da ...«

Der Schläfer richtete sich mit einem Satz auf:

»Ganz zu Ihren Diensten, Herr Botschafter!«

Dann fiel er sofort wieder in seine Säuferstarre zurück.

Chenga räumte auf, schob die Flaschenleichen beiseite, breitete in einer Ecke des Raums eine Decke aus, stellte einen Kerzenhalter auf den Boden und holte Wein aus ihrem Rucksack. Abimaël lud mich mit einer ausladenden und freundlichen Geste ein:

»Nehmen Sie an unserer Tafel Platz, Mr. Gründ ...«

Und indem er mir den Wein reichte:

»Wollen Sie mich immer noch töten?«

»Nein, das ist es nicht ...«

»Die Erinnerung?«

»Ich weiß es nicht.«

»Liebe, Mr. Gründ?«

»Ja, vielleicht Liebe. Ich glaube, ich habe Sie von Anfang an geliebt.«

Ohne jedes weitere Wort wandte er den Kopf ab. Der Wein war schwarz, aus Algerien, mit einem von Säulengängen gesäumten Haus auf dem Etikett. Diesmal handelte es sich um reinen Wein, ohne beigemischte Kräuter, die auf Reede liegende Schiffe auslaufen lassen. Nach einer gewissen Zeit versetzte das Getränk den Raum im Rhythmus des Spiels der Flamme in Bewegung. Chengas Gesicht wurde schön und golden wie die Maske einer in jungen Jahren verstorbenen kleinen Pharaonin, für deren ewiges Leben man alle Goldschmiede des Reichs arbeiten ließ. Nachdem einige Zeit vergangen war, holte sie kleine Styroporschachteln aus dem Rucksack hervor, die halb aufgegessene große Brotstücke mit Hackfleisch enthielten, ähnlich denen, die Helena am Abend zuvor im Autokino bestellt hatte, um sie dann angewidert wegzuwerfen. Vielleicht war es ja Helenas Zahnabdruck in der Creme des Hamburgers, den mir jetzt Chenga hinhielt. Er schmeckte gut. Wie immer aß Abimaël sehr wenig, wobei er jeden Bissen unendlich lang kaute. Ganz plötzlich fuhr Horatio auf seinem Stuhl hoch:

»Ganz zu Ihren Diensten, Exzellenz, ganz zu Ihren Diensten!«

Dann sank er wieder in seinen Tiefschlaf zurück.

»Er ist hier der Wächter«, bemerkte Abimaël. »Er schläft viel. Wenn er schläft, träumt er von glanzvolleren Zeiten. Wie Sie sehen, sind wir Teil seines Traums, ohne dass es ihn beeinträchtigt. Vielleicht ist er uns sogar dankbar, weil wir ihn nicht in diesem einstmals glanzvollen Gebäude allein lassen. Dieser Mann ist den Phantomen unglaublich treu. Wenn Sie ihn genau betrachten, werden Sie sehen, dass er eine mit einem Goldfaden genähte Tresse trägt. Morgen früh, wenn er wieder nüchtern ist, wird er ganz sicher nicht mehr derselbe Mann sein: ein mieser Nachtwächter, der seine Träume entsorgt. Deshalb gehen wir auch lieber wieder, bevor er uns rausschmeißt.«

Abimaël wickelte sich in seine Decke ein.

»Und Sie, Mr. Gründ?«, fragte er mit weicher Stimme. »Träumen Sie auch manchmal von glanzvolleren Tagen?«

»Ich erinnere mich kaum an meine Träume.«

»Nicht einmal an einen einzigen, einen einzigen winzigen Traum? Wie an einen Kieselstein, der sich ein klein wenig von all den anderen unterscheidet …«

»In meinen Träumen reise ich sehr oft. Ich bin auf einem Passagierschiff, der Tag bricht an.«

»Ihre Stimme klingt gebrochen, Mr. Gründ.«

»Ich weiß.«

»Sind es die Sterne, die Sie traurig machen?«

»Ja.«

»Sehen Sie zur Decke …«

Die Farbe der Decke blätterte in weißlichen Platten ab, die geographische Formen hatten und zwischen denen man schemenhaft ein dunkelblaues, von einem naiven Maler mit Sternen übersätes Fresko erkennen konnte.

Indem er auf die vier Ecken des Raums wies, benannte Abimaël mit singender Stimme nacheinander:

»Chinchaysuyu, Collasuyu, Antisuyu und Cuntisuyu.«

»Was ist das?«

»Die vier Viertel des Reichs. Sie dürften wohl der einzige Mensch sein, den die Sterne traurig stimmen, Mr. Gründ. Ich glaube, ich mag Sie auch. Gute Nacht.«

Jetzt war nur noch das Geräusch seines schweren Atems zu hören, das sich mit dem von Horatio zu einem Bassduo vermischte, und in Verbindung mit dem Kerzenlicht wirkte der Raum wie eine vorgeschichtliche Höhle. Meine Stimme klang auch deshalb gebrochen, weil ich spürte, dass die ganze Zeit, die das Gespräch gedauert hatte, Chengas Augen auf mich gerichtet waren. Lange nachdem Abimaël eingeschlafen war, rückte sie näher an mich heran. Manchmal sprach er laut im Traum, und Horatio antwortete ihm von Zeit zu Zeit, so dass sich ihre Träume wie zufällig in verwandten Sprachen vermengten, auch wenn es sich für den einen um einen Botschaftsempfang handelte und für den anderen um Tahuantinsuyu. Zweifellos trieben sie beide in dem einen Strom der Melancholie, und deshalb stimmten sie (der eine mit seinem Glücksgrummeln, der andere mit seinen schwülstigen Ankündigungen) ineinander ein wie Nachttiere, die ihre Gesänge miteinander abstimmen, ohne sich zu kennen. Chenga presste sich an mich, ihre dunkelbraunen, gold gesprenkelten Augen leuchteten. In ihrer Nasenscheidenwand hatte sie ein schönes rundes Loch.

»Woher kommst du, Chenga?«

»Die Gäste sitzen zu Tisch, Exzellenz!«, schrie Horatio als Antwort. Eine letzte Zuckung mitten in der Nacht. Der Körper der Indianerin drang in mich, ihr kleiner Körper zerriss mir nichts, dir nichts die Hüllen, die mich seit vielen Jahren schützten.

»Sprich, Chenga, sprich … Sag mir, wie dein Stamm heißt!«

»Machiguenga«, sagte sie in einem Hauch. Dann spürte ich, wie ihre Haut sich durch meine Haut hindurch bohrte, wie sie langsam eindrang, ich sah, wie sie mich durchdrang, wie ich in die Luft geschleudert wurde, wo ich, von Krämpfen geschüttelt, schwebend, ungläubig, von drei Glücksstößen durchfahren, verharrte.

Am Morgen lag sie schlafend gegen die Wand gelehnt. Die rote Krone fiel über ihr Gesicht wie ein Rinnsal königlichen Blutes. Darüber die Bäume des Anwesens und das

Morgengrauen, das die letzten Sterne einen nach dem anderen auslöschte. Abimaël starrte mich eigenartig an.

»Ich habe Sie beim Schlafen beobachtet, Sie haben mir ein wenig Angst gemacht, Mr. Gründ.«

»Warum?«

»Ich weiß es nicht. Irgendeine Ähnlichkeit mit jemandem, den ich kenne, vielleicht.«

»Mit wem?«

»Ich kann es Ihnen nicht genau sagen. Möglicherweise mit einem enthaupteten Engel von St Jeremy, aber ganz sicher handelt es sich hierbei wieder einmal um einen Streich, den mir mein Gedächtnis spielt. Nein, ich glaube eher, mit einem Menschen aus meinem lange zurückliegenden Leben. Wenn der Mann, der Ihnen ähnelt, mir Angst macht, dann weil er mir nicht wirklich wohlgesonnen war.«

Horatio erwachte langsam aus seinem Koma und murmelte auf seinem Stuhl vor sich hin.

»Die Dämonen des Tages erwachen, Mr. Gründ. Die Zeit drängt. Lassen Sie uns am Fenster die erlöschenden Sterne betrachten …«

11

Das Wissen darüber, dass mein Vater Vorarbeiter war und die Produktion eines Motorrads zunächst in vier Stunden dreißig Minuten, dann in drei Stunden dreißig Minuten und später in zwei Stunden dreißig Minuten, die Produktion von drei Motorrädern in sechs Stunden zwanzig Minuten, d.h. ungefähr zwei Stunden sechs Minuten pro Motorrad, die Produktion von fünf Motorrädern in neun Stunden vierzig Minuten, d.h. in einer Stunde sechsundfünfzig Minuten pro Motorrad, abschließen musste, trägt möglicherweise zum Verständnis dafür bei, weshalb er eines schönen Tages mit dem Gewehr auf die Sterne schoss. Zwischen diesen beiden Sachverhalten bestand ein offensichtlicher, erschütternder und unwiderlegbarer Zusammenhang, der mir aber nie aufgefallen war. Vor meiner Begegnung mit Green wäre diese Art von Gedanken im übrigen wie eine Seifenblase an der Oberfläche meines Nichtvorhandenseins zerplatzt. Aber es gab niemanden, der es auch nur annähernd wie Green verstand, die Seifenblasen zu versiegeln und alle Dinge mit kleinen Lichtblitzen der Verzauberung zu versehen.

Horatio öffnete ein böse dreinschauendes Auge, begann auf Spanisch zu fluchen und fuchtelte, während er versuchte aufzustehen, mit den Armen in der Luft herum.

»Stets zu Ihren Diensten, Exzellenz, stets zu Ihren Diensten ...«, sagte Abimaël. Chenga rieb sich die Augen, als würde sie aus einem zu tiefen Schlaf erwachen. Hinter den Bäumen empfingen uns die ersten Sonnenstrahlen. Wir hatten das Gebäude wieder verlassen.

Die morgendliche Menschenmenge ließ die Bürgersteige überquellen, es war eine sehr dichte Menschenflut, ein Strom blasser, vom Schlaf noch schlaff herunterhängender Gesichter, der sich mit der schwachen Entschlossenheit derjenigen in Richtung der verglasten Gebäude im Stadtzentrum bewegte, die man von hinten anstößt und die vielleicht gerade noch wissen, woher sie kommen, aber kaum noch, wohin sie gehen und deshalb erst einmal der großen Masse folgen.

Abimaël teilte langsam den Strom. Wie ein Hund, der ausgeführt wird, lief Chenga voraus und kam wieder zurück. Ihr Schritt war geschmeidig, ihre Augen aufmerksam, eine erdfarbene Indianerin auf einem Pfad inmitten des Menschenwaldes.

Nach und nach wurde Green langsamer, immer langsamer, bis er das Gebaren jener falschen, geschminkten Automaten auf den Podien der Jahrmärkte annahm: fünf Sekunden Stillstand, noch einmal fünf Sekunden, ich strecke mein rechtes Bein aus, meine Langsamkeit unterscheidet mich mehr und mehr von eurer Hast, o Leute, ihr, die ihr mir entgegenlauft und, verängstigt durch die Furcht einflößende Frage, die die Zeit meines Schrittes stellt, im letzten Augenblick ausweicht ...

Am Charles Square blieb er mitten auf der Fahrbahn

einfach stehen, wartete, dass man hupte, um dann im Schneckentempo weiterzugehen. Inmitten des Lärms wirkte das alles wie eine pantomimische Farce. Man konnte sogar sehen, wie in ca. hundert Meter Entfernung ein Lichtbogenschweißer seine Totenmaske abnahm, um zu beobachten, was sich da abspielte.

Auf dem Hauptweg im Bronstein Park wurde sein Verhalten wieder menschlich. Noch ganz kleine, eingemummte Kinder rutschten verchromte Rutschbahnen herunter. Er legte sich in den Sand, bis sie endlich, ohne sich allzu sehr zu fürchten, zu ihm kamen, um diese große, gestrandete Robbe zu untersuchen. Und wieder lachte er: ein Spielzeug unter anderen zu sein, in diesem Geviert der Unverdorbenheit inmitten der lauthals piepsenden Spatzen.

Ein ganzes Stück weiter weg: um einen Bretterzaun herumgehen, eine Hintertreppe hinabsteigen und unter die Asphaltdecke in eine gerade instand gesetzte U-Bahnstation abtauchen. Am stillgelegten Gleis Nummer sieben entlanggehen: Schotter und Eisenträger, ein langer Gang, in dem alte Leuchten fahl und schwach schimmerten. Diesmal war es Chenga, die wegen ihrer scharfen Augen voranging, womit die Indianerin die Funktion einer Katze übernahm. Von Zeit zu Zeit gelangten wir in einen riesigen Raum, der mit Pfählen abgestützt war und in dem alte Straßenschilder lagerten. Über uns trampelte die Stadt, schwitzte schwarze Schweißperlen oder ließ dumpfe Schläge ertönen. Abimaël hockte sich auf die Schwelle einer dieser Höhlen.

»Bewegen Sie sich nicht mehr, Mr. Gründ. Gewöhnen Sie sich an das Licht. Betrachten Sie es aus diesem Blickwinkel. Sind Sie soweit?«

»... Ja.«

»Sehen Sie die Baumstämme?«

Zweifellos zeigte er auf die Betonpfeiler.

»Das ist die Stadt unter der Stadt, Mr. Gründ. Die verschollene Stadt. Alles, was sie darüber erbaut haben, ist nichts weiter als leere Hülle.«

Er war wieder weitergegangen.

Weiter vorn deutete ein trüber, grauer, von Holzplanken unterbrochener Lichtschein darauf hin, dass sich dort der Ausgang befand. Aus der Stadt stieg der Nebel auf und ließ den Himmel kränklich aussehen. Wir bewegten uns Richtung Bloody Jane. Es muss fünf Uhr gewesen sein.

Bloody Jane: die größte Mülldeponie, große Meeresvögel, Kalkgeruch, der Übelkeit verursachte. Verloren im widerlichen Gestank einige Müllmenschen im Matsch, ein abgestellter Bulldozer, ein paar Wohnwagen. Hier lud die Stadt ihren Schmutz im perfekt abgestimmten Kommen und Gehen ihrer Müllabfuhrwagen ab. Wenn man die Augen zusammenkniff, verwandelte sich alles durch die Möwen mit ihrer großen Spannweite zu einer Küste. Wegen der Fumarolen zum Rand eines unentschlossenen Vulkans. Im Zentrum des Kraters unzählige Etagen wie von Hochhäusern, die die fahle Sonne auf seine marmorierten Hänge reflektierten: die in den Boden gegrabene Megalopolis.

Unweit der Mülldeponie rosteten vier Bentleys an

Masten, ausgefransten Bannern der voranschreitenden Industrialisierung gleich. Dahinter erstreckten sich die Autofriedhöfe, aufeinander getürmte Jeeps, ausgeschlachtete Lokomotiven, alte, ausgeweidete Maschinenkörper ... Zwischen diesen bizarren Formationen schweiften einige Phantome umher, zerzauste, in Leder gekleidete junge Menschen, Junkies. Einer von ihnen, der auf dem Dach eines Wohnmobils thronte, begrüßte uns wild gestikulierend: Hallo, Inka, hallo! Man hätte sich hier im *Paradise Loft* wähnen können, allerdings handelte es sich eher um ein Lager als um ein Gebäude, der Stoff ersetzte hier den Schnaps, und Gott mit seinem Himmel und seinen komischen Käutzen liebte uns, ohne dies auf einem Schild zu vermerken.

Abimaël öffnete die Tür eines Busses, in dessen Mitte die Sitze um ein Kohlenbecken herum angeordnet waren; anstelle eines Kamins hatte man in das Dach eine runde Öffnung geschnitten. Er ließ sich in einen Sessel fallen. Chenga war in Richtung Mülldeponie verschwunden. Im Hintergrund hörte man in einem Radio die Melodie von *Summertime* rauschen.

»Alles Existenzen auf der Schattenseite des Lebens«, seufzte Green und meinte damit die Junkies. »Ihre Seelen sind wie ausgeweitet. Sie tragen einen Panzer, aber ein kleiner Stachel lässt sie bluten. Manchmal singen sie, oder sie brechen zu einer Reise auf. Leider führen diese sie immer weniger weit fort. Um die Wahrheit zu sagen, nur noch eine einzige verreist wirklich, und die gehört nicht zu ihrem Volk. Sie können sie vielleicht in der Nähe der Lokomotiven sehen. Man nennt sie hier die Frau mit den Koffern. Sie ist pausenlos unterwegs, steigt in einen Waggon, lässt sich aus einem anderen hinauswerfen, grübelt immer wieder über eine unwürdige Anschlussgeschichte nach. Trotzdem, wenn sie endlich irgendwo sitzt und weiß, dass sie allein ist, wenn sie es sich, ihre Koffer zu ihren Füßen, für die Reise bequem gemacht hat, können Sie sich dem Waggon nähern und sie durch das Fenster hindurch singen hören. Es hört sich etwas heiser an, aber es ist großartig … Man sieht alles: die Flüsse, die Hügel, die unendliche Ebene. Gehen Sie gleich einmal hin, um zu horchen, vielleicht haben Sie ja Glück …«

Er verdrehte die Augen und lächelte ins Leere. Die Kartons, die am Fuß seines Sessels herumlagen, waren mit Gekritzel bedeckt.

»Was ist das?«

»Labyrinthe, Mr. Gründ. Einige notieren ihre Träume. Andere fahren mit dem Finger durch den Staub. Das Resultat gleicht einer Sache oder auch nicht. Derjenige, der denkt, dass der Wind Musiker ist, findet, dass es Ähnlichkeiten gibt. Und derjenige, der den Wind für eine äußerst ärgerliche Erscheinung hält, findet, dass er an nichts erinnert.«

»Minuchin zeichnet auch …«

»Natürlich. Und wenn Minuchin dem Wind lauscht, hört er große sakrale Orgeln.«

»Was für eine Geschichte hat Minuchin?«

»Sein Vater war Russe und seine Mutter Finnin. Sein Vater erzählte ihm russische Legenden, und seine Mutter sang ihm finnische Wiegenlieder vor. Man hat ihn in eine russische Uniform gesteckt, und er hat für die Finnen Verrat betrieben. Man hat ihn in eine finnische Uniform gesteckt, und er hat für die Russen Verrat betrieben. Sein Vater und seine Mutter liebten sich sehr, viel zu sehr. In diesem Umstand sucht er ewig den Irrtum seines Lebens.«

Er lächelte traurig.

»Manchmal sage ich, dass ich mich ein wenig fühle wie er. Nicht mehr zu wissen …«

»Ich weiß«, unterbrach ich ihn.

Und indem er sich zu mir herüberlehnte:

»Es ist schlichtweg unbegreiflich, Mr. Gründ. Dass man Sie für einen Mörder gehalten hat, ist nun wirklich völlig unverständlich …«

»Und warum wollen sie, dass ich Sie töte?«

»Sie müssen zugeben, dass Sie diese Frage wohl eher beantworten können als ich.«

»Es muss sich um ein Missverständnis handeln.«

»Nein, es muss einen Grund dafür geben. Einen guten Grund. Einen gewichtigen, vernünftigen Grund. Ein Auftragsmörder kostet Geld. Und diese Leute verschwenden kein Geld.«

Er war trübsinnig geworden.

»Ich möchte ja nicht indiskret sein, aber wie sollen Sie mich umbringen?«

Ich reichte ihm das kleine Fläschchen, er öffnete es sehr vorsichtig, roch ausgiebig daran, schaute durch es hindurch.

»Der reine Tod«, sagte er.

Dann drehte er es wie ein Kaleidoskop vor seinem Auge,

gab es mir zurück, damit ich es ihm nachtue. Hinter dem reinen Tod, hinter den schmutzigen Scheiben des Iglus entzündete die Stadt ihre lumineszierenden Höhlen, ihre roten, grünen, gelben Schachbrettmuster, ihre Phosphorschweife und Feuerbänder.

Ich steckte das Fläschchen wieder in meine Tasche und sah, dass in seinem Blick, wie auch schon am Morgen, ein ganz klein wenig Angst zu erkennen war.

»Ich möchte Sie ja nicht bedrängen, Mr. Gründ, aber ich wäre Ihnen sehr dankbar, wenn Sie mir einen kleinen Hinweis auf die Person geben könnten, die den Mord an mir in Auftrag gegeben hat ...«

»Ich kenne sie nicht.«

»Und der Mann, der Sie beschäftigt?«

»Anatol Stukowski.«

»Stukowski ... Nein, der Name sagt mir nichts.«

»Vielleicht handelt er auch nur auf Anordnung.«

»Natürlich, Mr. Gründ. Heutzutage ist es selten, dass der Tod sich offen zu erkennen gibt. Aber Sie werden zugeben, dass das bedauerlich ist. Ich durchstreife die Stadt nun schon seit mehreren Jahren, um einen winzigen Hinweis auf mein früheres Leben zu finden. Und es steht fest, dass derjenige, der Sie beauftragt hat oder derjenige, der denjenigen beauftragt hat, der Sie beauftragt hat, irgendetwas wissen muss. Glauben Sie mir, wenn er Geld dafür ausgibt, mich töten zu lassen, dann müssen wir uns irgendwie kennen. Weshalb sollte man sonst für einen Vagabunden wie mich die kostspieligen Dienste eines Auftragsmörders in Anspruch nehmen?«

Er starrte mich mit entsetzlicher Intensität an.

»In dieser Geschichte geht es um irgendeine obskure Erinnerung, deren einsamer Zelebrant Sie sind, Mr. Gründ. Ein Mann erinnert sich an mich, er glaubt, dass ich mich an ihn erinnere und will mir jede Hoffnung darauf rauben, diese Erinnerung zu nutzen. Deshalb hat er Sie damit beauftragt, mich auszulöschen. Aber am Ende des Auftrags, im allerletzten Augenblick taucht da dieses kleine, unvorhersehbare Detail auf, und zwar unsere Begegnung. Und für einen Moment hakt der Mechanismus, der Abend ist mild, die Stadt beinahe schön, wir unterhalten uns unter dem erhobenen Arm des Todes, reden über Gott und die Welt, die Liebe, eine singende Frau. Nur glaube ich leider, dass der Aufschub, den man uns gewährt, sehr kurz ist, denn der Mechanismus ist nur kurzzeitig blockiert. Er ist erbarmungslos, man könnte bestenfalls versuchen, auf gut Glück seine Laufrichtung umzukehren. Kehren wir den Lauf der Dinge probehalber um, Mr. Gründ ...« (Er war näher zu mir herangerückt. Mit einem Mal sprach er sehr leise.) »Versuchen Sie bei Ihrem Stukowski den Grund dafür herauszufinden, warum mich jemand beseitigen will, und falls möglich auch den Namen des Jemand. Vielleicht verbinde ich mit dem Namen ja ein Gesicht und, wer weiß, ein Stück meines Lebens. Ich bin sicher, dass mir die Dinge danach in einem angenehmeren Licht erscheinen werden.«

»Wieso angenehmer?«

»Ich lebe seit Jahren neben mir selbst. Zweifellos aus diesem Grund stand meine erste Begegnung mit Ihnen auch im Zeichen der absoluten Gegenwart. Waren Sie es, der da war, oder war ich es, der in Ihnen das Vorzeichen eines kommenden Ereignisses sah? Auf dem Feld meines Bewusstseins geraten die Menschen und Zeiten oft durcheinander. Wenn Sie meine Geschichte erfahren wollen, dann müssen Sie wissen, dass ich in diese Stadt kam, weil ich auf meiner Brust eine kleine Metallplakette aus der Zeit trug, als ich Soldat war. Den toten Soldaten reißt man diese Plakette ab, um ihre Familie zu benachrichtigen. Auf meiner Plakette stand ein Name, der Anfangsbuchstabe eines Vornamens und der Name dieser Stadt. Also habe ich hier vielleicht eine Familie. Ich kann mich aber nicht daran erinnern. Diese Unkenntnis wäre akzeptabel, wenn sich mir nicht in Wachträumen oder nachts jene Atmosphären und Stimmungen aufdrängen würden, mit denen ich keinerlei Bild zu assoziieren vermag. Auf lange Sicht ist alles besser als diese Unsicherheiten. Deshalb sprach ich davon, dass mir die Dinge angenehmer erscheinen würden.«

Er nahm meine Hand in seine Hände.

»Würden Sie das für mich tun, Mr. Gründ?«

»Ich werde es versuchen.«

»Eigentlich ist es gar nicht so schlecht, dass wir uns getroffen haben.«

Chenga trommelte ungeduldig mit den Fingern gegen die Scheibe. Mit ihr zusammen drang ein frischer Luftzug in den Raum. Sie breitete den Inhalt ihrer Tasche am Fuß des Kohlenbeckens aus: ein noch nicht angebissenes Hühnchen, einen pergamentartigen Fisch und zwei kürbisähnliche, schwarze Pflanzen, die sie präsentierte, als seien sie das Wertvollste unter ihren Fundstücken.

»Was ist das?«

»Es kommt aus ihrer Heimat«, bemerkte Abimaël, der wieder munter wirkte. »Es ist ein Geschenk ihres Gottes Tasorintsi. Er hat sie in großen Containern mit exotischen Früchten herbringen lassen, die für wohlhabende Kunden und sehr launische Liebhaber neuer Geschmacksrichtungen bestimmt sind. Dann hat er dafür gesorgt, dass die Kunden sie zu süß oder zu mehlig finden und sie am Rand ihres Tellers liegen lassen. Der Weg von den Abfalleimern des Restaurants zur Mülldeponie von Bloody Jane ist schwer zu finden, aber Tasorintsi ist ein sehr mächtiger und sehr gewiefter Gott …«

Chenga lachte lauthals. Zum ersten Mal sah ich, wie sie lachte, mit aufgeplusterten Backen und dem glücklichen Gesichtsausdruck eines kleinen Mädchens, das man kitzelt. Mit einer ungezwungenen Geste hielt sie mir den Kürbis hin: knabbere an mir, knabbere an meinem Land, nur zu …

Es schmeckte saftig, roch nicht besonders gut und war voller kandierter Klümpchen. Es war, als würde man die lachenden, im Abendlicht glänzenden Augen Chengas zusammen mit ihrer dunklen, mahagonifarbenen Haut und den in ihrem Haar auf und ab hüpfenden Blumen essen. Es war, als würde man auf ihr, auf uns die gemurmelte Liebkosung Abimaël Greens spüren.

»Aus welchem Land stammst du?«, fragte ich sie.

»Aus dem Land der großen Bäume«, hauchte Abimaël.

»Wie ist es dort, im Land der großen Bäume?«

In Chengas Augen tat sich ein Abgrund auf. Eine Zeit lang verharrte sie wie hypnotisiert, dann vertrieb sie jeden Gedanken, entfaltete eine alte Zeitung und begann das Hühnchen zu zerlegen.

Von einem Augenblick auf den anderen schlug ihre gute Laune in Traurigkeit um, und auch das war neu. Ich hatte sie wild, agil, raffiniert, sinnlich erlebt, aber bislang hatten sich mir weder ihre Freude noch ihr Schmerz offenbart. Sie nahm den zweiten Kürbis, wandte uns den Rücken zu und blickte auf die Lichter der Stadt. Als sie mit dem Essen fertig war, sprach sie mit sich selbst in ihrer Sprache.

»Was sagt sie?«

»Sie redet mit den Geistern ihrer Heimat«, murmelte Abimaël. »Sie betet. Dort glauben sie an alle möglichen Analogien. Der Mond ähnelt der Sonne. Das Haus ähnelt dem Bauch der Mutter. Der Honigbaum ähnelt der Brust. Die Tamarine ähneln dem Löwen. Der Pfeil, der die Luft durchschneidet, ähnelt der Liebe. Sie hatte einen Bruder, der starb, als er die Stromschnellen des Callanga stromaufwärts fuhr. Sie müssen sie am ersten Tag, als Sie sie sahen, sehr intensiv angeschaut haben, Mr. Gründ. An diesem Tag sagte sie mir, dass Sie ihrem Bruder sehr ähnlich sehen würden.«

In der Musik von Chengas Worten waren Veränderungen des Klangs zu hören, die Ablehnung, Überraschung, Flehen ausdrückten.

Im Raum wurde es langsam immer dunkler.

»Heute Nacht werden Sie sie nicht besitzen«, fuhr Abimaël mit gedämpfter Stimme fort, »sie ist bei ihren Vorfahren im Land der großen Bäume.«

12

Anatol Stukowski führte genau dieselben Gesten aus wie Abimaël Green. Mit einer einzigen Ausnahme: Er benutzte ein weißes Taschentuch, um das Fläschchen mit dem reinen Quellwasser, Frische, Gesundheit, Vitalität zu öffnen. Aber die Art, wie er sein Nasenloch an den Flaschenhals führte, anhaltend daran roch, dann in der Flüssigkeit den kleinen, regenbogenfarbenen Streifen suchte, stimmte Punkt für Punkt mit Abimaëls Ritual überein. Alles verlief hier in genau umgekehrter Ordnung. In der umgekehrten oder der richtigen, wie sollte man das wissen? Wieder war die Situation schwindelerregend.

Schließlich stellte der dicke Mann fest:

»Das sind doch Ammenmärchen, Gründ. Erst erzählen Sie mir, Green sei kein Trinker, dann, dass das Gift nicht wirkt, und schlussendlich, dass Sie wissen wollen, warum Sie mit dieser Aufgabe betraut wurden. Sie müssen sich entscheiden. Gehen wir die Punkte einen nach dem anderen durch. Wenn Green kein Trinker ist, woher wissen Sie dann, dass das Gift nicht wirkt?«

»Er hat davon getrunken, Mr. Stukowski.«

»Und?«

»Nichts.«

»Wie, nichts?«

»Nichts, rüstig und gesund.«

Er rückte auf seinem Stuhl nach hinten, sah mich lange verstört an und äußerte dann:

»Ich glaube, ich verstehe alles.«

Manchmal entfuhren Stukowski solche genialen Bemerkungen, die ihn für ein paar Sekunden verstört aussehen ließen. Dann fasste er sich wieder, füllte einige Tropfen der wertvollen Flüssigkeit in ein Glas und murmelte:

»Ich werde die Angelegenheit Jack Smell übertragen.«

»Nein.«

»Wie, nein?«

»Ich würde mich gern weiter damit befassen, Mr. Stukowski.«

»Sie überraschen mich, Gründ. Wenn Sie sich weiter mit der Angelegenheit befassen wollen, dann versuchen Sie doch zumindest, mir etwas zu erzählen, das Hand und Fuß hat.«

»Ich glaube, dass es sich um ein chemisches Problem der Wechselwirkung mit dem Alkohol handelt. Mit Alkohol verdünnt, verliert das Gift seine Wirkung. Vermischt mit Wein mäßiger Qualität aus Algerien oder Ungarn, der in zwangsläufig verschmutzten Flaschen gelagert wurde, wird es vollends wirkungslos.«

Stukowski murrte. Bei zahlreichen Gelegenheiten hatte ich festgestellt, dass bestimmte wissenschaftliche Ausdrücke bei dieser Art von Menschen eine merkwürdige Überzeugungskraft besaßen, unabhängig davon, wie oder in welcher Reihenfolge diese Ausdrücke ausgesprochen wurden – dieses Phänomen war mystischer Natur.

»Ist ja schon gut«, brummte er. »Aber wieso wollten Sie vorhin mehr über die Hintergründe wissen? Ihre Neugier kam mir merkwürdig vor.«

»Die immer wiederkehrende Versuchung, alles so gut wie möglich zu machen, Mr. Stukowski. Eine gut gemachte Arbeit ist eine Arbeit, für die man eine Erklärung hat.«

»Sie erweisen der öffentlichen Hygiene einen großen Dienst, Gründ. Da haben Sie Ihre Erklärung.«

»Nein.«

»Wie, nein?«

»Ich hätte gern eine genauere Erklärung, Mr. Stukowski.«

»Ist sie Ihnen nicht genau genug?«

»Nein.«

Er knurrte, griff den Telefonhörer, trommelte nervös mit den Fingern auf dem Tisch, bis endlich am anderen Ende der Leitung die näselnde Stimme Smells zu hören war.

»Jack«, sagte er, ohne mich aus den Augen zu lassen. »Die Sache mit Green ist noch nicht über die Bühne. Es gibt da ein … chemisches Problem. Kurzum … Stell nicht so viele Fragen. Ich schicke Gründ zu dir. Das mit dem Gift lassen wir. Du schlägst ihm etwas anderes vor. Du kannst ihm auch ein paar Nachhilfestunden geben. Er möchte Er-klä-run-gen.«

Stukowski zündete seinen Zigarrenstummel wieder an.

»Reden wir Klartext, Gründ. Wieviel Zeit brauchen Sie noch?«

»Mindestens eine Woche.«

»Ich gebe Ihnen drei Tage.«

Dann sagte er, halb misstrauisch, halb väterlich, aus seiner Rauchwolke heraus:

»Mein Vertrauen ist kostbar, Gründ, missbrauchen Sie es nicht.«

Jack Smell wohnte im siebten Stock der Hausnummer 124 in der 18. Straße. Dort hatte er unter dem Namen O'Casey eine Zweizimmerwohnung gemietet. Das Gebäude sah aus wie alle anderen auch: acht Stockwerke, ordentliche Fassade, sauberer Geruch in der Eingangshalle, Aufzug. O'Casey war die gut bürgerliche Fassade von Jack Smell, der nicht besonders häufig in die Nr. 124 der 18. Straße gekommen sein dürfte. Aber dort traf er eben manche seiner Verabredungen. Er betrat jedenfalls gerade erst das Gebäude, während ich schon in der Eingangshalle wartete. Er trug einen kittfarbenen Regenmantel, lächelte gezwungen unter seinem Offiziersschnäuzer und gab mir zum Gruß seine eiskalte Hand, die so feucht war wie eine glitschige Schlange. Als ich mich mit ihm zusammen im Spiegel der Eingangshalle erblickte, versuchte ich zu begreifen, warum mir in seiner Gesellschaft immer eine jähe Eiseskälte den Rücken herunterlief. Er war mager, trug eine Brille mit Horngestell, eine Krawatte und einen Aktenkoffer. Wer ihn in einem Bus traf, hätte ihn für einen Handelsreisenden, Finanzbeamten, Gauner, Steward oder adventistischen Prediger halten können. Aber es war nicht diese ruhige Anonymität, die einem Furcht einflößte. Irgendetwas in seinem Blick verstörte. Er ähnelte ein wenig jenen auf den Polizeirevieren aushängenden Fahndungsfotos, auf denen niemand lebensecht aussieht. Mittelgroß, ovales Gesicht, in den Vierzigern. Man hätte gern einen nervösen Tick, ein kleines Artefakt, eine Kindheitsreminiszenz, etwas menschliche Substanz an ihm ausgemacht, irgendetwas, das bewirkt, dass eine Person einem nicht vollkommen fremd erscheint. Aber bei Jack Smell gab es nichts dergleichen, bis auf seine raue Stimme, seine nervende Art und Weise, still vor sich hin zu pfeifen und wie die Schatten etwas schief zu laufen. Darüber hinaus hatte Jack Smell keine Kindheit, er war in einem kittfarbenen Regenmantel auf die Welt gekommen und durchlief seither die öffentlichen Räume, um das gnadenlose Geschäft des Todes zu betreiben, ohne irgendwelche Spuren zu hinterlassen.

Die Wohnung war genauso unpersönlich wie ein Hotelzimmer: Geruch nach Desinfektionsmitteln, Sessel mit Lilienmotiven und ordentlich auf dem Kamin aufgestellte kleine Schiffe mit kupferner Segelfläche (*Niña, Pinta* und *Santa María*). Die Hausmeisterin polierte sie wohl einmal pro Woche und steckte zwanzig Dollar für ihre Mühe ein, wobei sie sicher dachte, dass Mr. O'Casey, obwohl nur sehr selten zu Hause, ein ausgesprochen netter und reinlicher Mensch von untadeligem Ruf sein musste.

In der Bar gab es genügend Whisky, um damit mein Glas zu füllen. Jack Smell verdünnte für sich einen Minzsirup mit Wasser, legte seinen Regenmantel aber nicht ab. Stukowski musste in der Zwischenzeit mit ihm telefoniert haben, denn seine ersten Worte mir gegenüber waren:

»Gründ, die erste Regel lautet: kein Kontakt mit dem Opfer. Sie machen eine Arbeit, die vollkommene Klarheit erfordert. Wenn der menschliche Faktor ins Spiel kommt, führt das zu Verwicklungen, die schädlich für die Arbeit sind.

Jede Frage in Bezug auf das Opfer ist also überflüssig. Seine Lebensgewohnheiten zu kennen hat nur dann einen Sinn, wenn die Kenntnis dieser Gewohnheiten dazu beiträgt, Klarheit über die Vorgehensweise zu erhalten. Zu wissen, warum man Sie beauftragt, das Opfer umzubringen, ist nicht nur überflüssig, sondern möglicherweise hinderlich. Nicht von ungefähr hat man Sie, der nichts weiß, damit beauftragt, das auszuführen, worüber andere als wir alles wissen. Sie zahlen uns gut dafür, damit wir ihnen keine Fragen stellen. Ich gebe Ihnen ein Beispiel: Nehmen Sie einen Krieg, Artilleristen. Anstatt ihnen Ziele anzugeben, Brücken, Kreuze auf einer Karte, bringen Sie den menschlichen Faktor ins Spiel: Hier trifft das Geschoss ein Lebensmittelgeschäft, dort schlägt es in eine Schule ein, dort tötet es einen Vater von vier Kindern und dort eine schwangere Frau … Im Hinblick auf die Zielgenauigkeit wäre das Ergebnis bei einem solchen Vorgehen ein Desaster. Prägen Sie sich Folgendes gut ein, Gründ: Ein Opfer besitzt nicht mehr menschliche Substanz als ein Punkt in der Mitte einer Zielscheibe.«

Nachdem er dies festgestellt hatte, führte Smell das Glas an seine Lippen und nahm einen Schluck von seinem mit Wasser verdünnten Minzsirup. Man sah, wie sich an seinem langen Hals der Adamsapfel auf und ab bewegte. Da das übrige Gesicht unbewegt blieb, eignete diesem Hin und Her eine faszinierende Präzision.

»Zweite Regel«, fuhr er fort. »Sie agieren offen. Diese taktische Entscheidung bietet Vorteile, bedingt aber auch unvermeidliche Zwänge. Der erste besteht darin, dass Sie sich selbst auch jeder menschlichen Substanz entledigen. In einer zivilisierten Welt bedeutet dies: rasiert sein, sauber sein, höflich sein, aber alles ohne Übertreibung oder Wärme. Es bedeutet, dass man sich in einer schmutzigen Welt dem allgegenwärtigen Schmutz anpasst. Man ist unter allen Umständen auf der Durchreise, wechselt den Ort häufiger als notwendig, man tritt ein, um dann mit der Mehrheit wieder zu verschwinden, man hinterlässt niemals eine Spur und erst recht keinen Namen.«

Indem er diese Worte mit einem ganz kurzen Blick betonte, verriet Smell, dass sein Urteil über mich seit unserer ersten Begegnung in Stukowskis Büro gefällt war: Fliege und andere Marotten, zu viel, viel zu viel menschliche Substanz an diesem Gründ, der Chef hält ganz sicher große Stücke auf den Falschen …

»Die dritte Regel betrifft das Verfahren. Jede Arbeit erfordert ein besonderes Verfahren. Unter Verfahren verstand man früher einmal die Wahl der Waffe. Aber diese Ausdrucksweise ist heute veraltet. Nichts, nicht einmal die von uns benutzten Worte, dürfen eine Spur hinterlassen, die irgendwelche Rückschlüsse zulässt. Dieser Ort hier ist hundertprozentig sicher, würde ich Sie aber woanders treffen, an einem öffentlichen Ort zum Beispiel, wäre es von ganz entscheidender Bedeutung, dass wer auch immer etwas von unserer Unterhaltung mitbekommt, davon überzeugt ist, dass wir geschäftliche Dinge besprechen, was ja im übrigen auch nicht ganz falsch ist. Es wäre also nur von Verfahren die Rede, von Kunden, nicht von Geldgebern, von Betroffenen und nicht von Opfern. Später werden Sie den Nutzen dieser strikt technischen Sprache für sich selbst noch zu schätzen lernen. Sie erhöht die Effizienz und verringert den menschlichen Faktor und damit die Unwägbarkeiten. Gut. Sehen wir uns jetzt also das erste Verfahren genauer an. Zeigen Sie mir das Fläschchen.«

Er griff die Flasche sehr vorsichtig am Boden, stellte sie vor die Lichtquelle und ließ seine Brille auf seinem Nasenrücken leicht hin und her fahren, um sie wie eine Lupe zu nutzen. Vielleicht versuchte er herauszufinden, ob ich das Gift gegen Wasser ausgetauscht hatte. Nachdem er die Brille ein wenig verrückt hatte, erkannte man eine ganz feine Narbe, die unter den Augenhöhlen entlanglief und sich der Form des Gestells anpasste.

Endlich das erste Artefakt von Jack Smell: Der Mann hatte sich das Gesicht operieren lassen.

»Diese Geschichte mit der chemischen Reaktion ist vollkommen ungewöhnlich«, verkündete er. »Aber sei's drum. Da der Chef es so wünscht, greifen wir eben auf ein anderes Verfahren zurück. Die Tatsache, dass der Betroffene nicht einmal eine Akte bei der Polizei hat und sich normalerweise an menschenleeren Orten herumtreibt, legt es nahe, sich der guten alten Verfahren zu bedienen. Sie sind, und das zu Recht, von furchteinflößender Effizienz.«

Er legte den Aktenkoffer auf seine Knie, holte einen Revolver daraus hervor, der in eine durchsichtige Plastiktüte eingewickelt war, und platzierte ihn auf dem Tisch.

»Neun Millimeter. Die Kugeln sind abgefeilt. Sie zielen auf die Herzgegend. Wenn er niedergestreckt am Boden liegt, schießen Sie zur Sicherheit ein zweites Mal in den Nacken. Dann gehen Sie weg, ohne sich umzudrehen.«

Zum ersten Mal blickte Jack Smell mich wirklich an. Man sah ihm nicht an, dass er lächelte, aber er lächelte trotzdem: Sie wollten die Angelegenheit übernehmen, Gründ. Nun haben Sie, was Sie wollen …

»Kein Problem wegen der Wechselwirkung mit dem Alkohol«, lachte er hämisch. »Präzise, kurz und trocken. Wenn Sie weggehen, werfen Sie den Revolver in den Rinnstein, vorzugsweise in einiger Entfernung zum Tatort. Dann trinken Sie einen großen Kaffee in einer Snackbar in der Stadt. In den Snackbars hängen immer Spiegel. Sie schauen sich darin an und sagen sich: Auftrag ausgeführt, ich habe meine Arbeit gemacht, ich bin Autoverkäufer und habe ein sehr schönes Auto verkauft, ich bin Manager in einem Unternehmen und habe einen einträglichen Vertrag abgeschlossen. Das Auto, der unterzeichnete Vertrag, die Zufriedenheit über die gute Arbeit, diese Bilder sind von entscheidender Bedeutung, denn sie vertreiben manche Gemütszustände, die die Vollendung der Arbeit sehr stark beeinträchtigen. Denken Sie daran, dass die Arbeit erst dann wirklich abgeschlossen ist, wenn in Ihrem Kopf keine Spuren zurückbleiben: Sie haben nichts gesehen, nichts gehört, es ist nichts passiert, Sie haben lediglich einen genau definierten Auftrag professionell erfüllt und waren jederzeit Herr der Lage. Nach dem Kaffee bestelle ich normalerweise einen Bananen-Milchshake. Was ist mit Ihnen, Gründ? Sie zittern …«

»Ja, ein wenig.«

»Nehmen Sie die Waffe, umgreifen Sie ganz fest den Griff. Sie werden sehen, dass Sie dann weniger zittern.«

Ich zitterte immer stärker.

»Zielen Sie auf den höchsten Punkt eines beliebigen Schiffes, stellen Sie sich vor, dass sich unter der Flagge ein klitzekleiner Ausguck befindet, das Auge des Feindes. Sie können die Waffe auch mit beiden Händen halten, wenn es Ihnen so lieber ist. Drücken Sie auf den Abzug.«

»Aber man wird uns hören ...«

»Drücken Sie, sage ich Ihnen.«

»Der Abzug klemmt.«

»Bravo. Sie haben soeben zwei Dinge gelernt. Erstens: Diese Waffen sind gesichert. Zweitens: Man sollte sich besser einen Schalldämpfer besorgen.«

Indem er dies sagte, holte Smell aus seinem Köfferchen einen länglichen Gegenstand sowie eine kleine Patronenschachtel hervor. Er leerte sein Glas mit dem Minzsirup-Wasser-Gemisch in einem Zug und schloss ziemlich trocken:

»Ich denke, ich habe genug erklärt.«

Und als er meine Verwirrung bemerkte:

»Haben Sie noch eine Frage?«

»Ja ...«

»Ich höre.«

»Das Ende habe ich nicht verstanden.«

»Wie, das Ende?«

»Den Bananen-Milchshake ...«

Er war bass erstaunt. Seine grünen Augen blinzelten merkwürdig, wobei er versuchte, die Beziehung zwischen meiner Frage und dem Schrecken herauszufinden, der auf meinem Gesicht ablesbar gewesen sein musste. Er wird sich bestimmt gefragt haben, ob der Chef blind war, dass er solche Idioten anstellte …

Aber bevor er mich mit einem Zwinkern wegwischte, wurde in seinem Auge ein Anflug von Überraschung sichtbar. Ich dachte an eine flüchtige Herzlichkeit, ich dachte, dass es wegen des Bananen-Milchshakes bei Jack Smell vielleicht eine klitzekleine Spur Menschlichkeit gab. Ich dachte sogar, dass eine Frau diesem kurzen Leuchten gegenüber nicht unempfänglich gewesen wäre. Das dachte ich. In der Tat.

13

Zu meinem Unglück erwartete mich Helena gegenüber der Hausnummer 124 in der 18. Straße. Sie thronte in dem gemieteten Chevrolet, ihr Gesicht hinter einer dunklen Sonnenbrille versteckt, womit sie an jene finsteren und lässigen Berühmtheiten erinnerte, die sich, sobald sie aus dem gleißenden Scheinwerferlicht treten, zugleich zeigen und verstecken. Ihr Haar war bronzefarben getönt und das Oberteil ihres Kleides hatte etwas von einem Eierbecher, aus dem, ganz wie im 18. Jahrhundert, zwei pralle Brüste hervorlugten. Durch ihre getönten Brillengläser fand sie mich außergewöhnlich blass und nahm sich für den Abend vor, mir wieder Farbe zu geben. In Folge dieses energischen Vorhabens landeten wir in einem peloponnesischen Restaurant im vierten Stock eines Gebäudes, in dem die griechische Küche frisch-fröhlich mit Zigeunermusik und Bildern einer amerikanisch-japanischen Kampfsportveranstaltung auf einem riesigen Fernsehbildschirm untermalt wurde. Davor saßen drei Musiker, deren bestickte Westen kaum ihre mexikanische Abstammung zu verbergen vermochten, und gaben von Zeit zu Zeit eine Romanze zum Besten, die die Flügeltür der Küche zu uns herüberwedelte. Aber das alles war natürlich nur ein kosmopolitisches und lächerliches Dekor. Helena, die in der Mitte dieses Dekors saß, nahm ihre getönte Brille ab, umfasste meine Hände und bat mich inständig, ihr zu erzählen, was passiert war.

Ich vermochte meine Verwirrung nicht zu verbergen. Helena sah mich gewöhnlich nicht so an. Wenn wir über mich sprachen, sprachen wir normalerweise über sie. In ihren Augen bewegte ich mich eindeutig in der Kategorie: Wiener, Alte Welt, aber ihr Interesse an mir endete bei diesen Bildern, deren Authentizität sie genauso wenig interessierte wie den Inhaber des Restaurants diejenige des Peloponnes. Als sie mir zuhauchte: Erzählen Sie mir alles, hätte ich deshalb auch beinahe die Fassung verloren. Es war ein gleichermaßen neues und beunruhigendes Spiel. Ich vermutete, dass Stukowski irgendwie dabei mitmischte: Meine Liebe, finden Sie heraus, was Gründ durch den Kopf geht. Irgendetwas sagt mir, dass er einen merkwürdigen Durchhänger hat …

»Mein Freund«, stellte sie mit ernster Stimme fest, »Sie sind leichenblass. Man hat Sie mit einem eiligen Auftrag betraut, und die Sache zieht sich endlos hin. Ich habe Sie am Donnerstag erwartet, und heute ist Sonntag. Wir sollten keine Geheimnisse mehr voreinander haben. Erzählen Sie mir Ihre Wahrheit, dann erzähle ich Ihnen die meine.«

Das Wort war ausgesprochen, und es sollte uns den ganzen Abend verfolgen. Mir ist nicht klar, worüber sie mit mir reden wollte, aber es war mir ziemlich klar, dass ihre Wahrheit ein wenig dem Boden im Laderaum der *Columbus* ähnelte: Man weiß nie genau, ob sich unter dem Grund noch ein weiterer Grund befindet. Der Wein, den wir reichlich genossen, überholte die Wahrheit glücklicherweise bald. Aber es besteht durchaus auch eine Verbindung zwischen Wein und Wahrheit: Es wurde ein verheerender Abend.

Zunächst gab ich eine ziemlich wahrheitsgetreue Beschreibung des *Paradise Loft*: der Hausmeister, der Trichter, die überirdisch verlaufende U-Bahn, Pamela, Lauren Bacall, Gott liebt Dich und Doc Watson. Sie riss erschrocken die Augen auf, verzog angewidert den Mund, erboste sich, als von Cornelius die Rede war, diesem armen Tier, das in der grünen Brühe lebte und dessen einzige Nahrung in dem Email bestand, mit dem seine Badewanne beschichtet war. Zwischen der empörten Drohung, den Fall beim Tierschutzbund zu melden, und den großen Theorien über die Notwendigkeit, die Stadt ein für alle Mal von diesem elenden und schmuddeligen menschlichen Abschaum zu befreien, tauchte Abimaël Green wie ein Phantom auf. Zu seiner Beschreibung lehnte ich mich ein wenig an Abraham Kupfer und die ursprüngliche Darstellung Stukowskis an: ein hüpfender Trinker, der sich an seiner Flasche festhält, der ungeniert die Nationalhymne krächzt und vollkommen immun ist. Die Grenze von Helenas Aufnahmefähigkeit war auf jeden Fall genauso überschritten wie diejenige ihres Alkoholkonsums, und ihre Augen verloren sich in der Ferne. Ein dunkles Lachen verriet, dass sie jetzt das Bedürfnis verspürte, von sich zu reden, was mich, ich weiß nicht warum, das Schlimmste befürchten ließ. Sie bestellte vier saubere Gläser und dazu seltsamerweise Vinho Verde.

»Immun, das bedeutet doch, unempfindlich gegen Gift?«, fragte sie mit betont spitzer Stimme, die nicht wirklich ihre eigene war.

»Ja, Helena.«

»Könnte ich das Gift sehen?«

Auch sie interessierte sich sehr für das Fläschchen. Als der Kellner kam, bat sie ihn, die vier Gläser zu füllen, zwei für mich, zwei für sie, und dass er in eines der Gläser drei Tropfen des *Medikaments* gibt. Der Kellner tat, worum man ihn gebeten hatte, ohne nach irgendwelchen Erklärungen zu verlangen. Sie führte das Glas mit dem Gift an ihre Lippen und fragte mit feurigen Augen:

»Sind Sie sicher, dass die Wechselwirkung mit dem Alkohol das Gift unwirksam macht?«

»Helena, ich bitte Sie ...«

»Sie sind ja plötzlich so nervös, Leonard ...«

»Machen Sie keine Dummheiten. Es war von ungarischem und algerischem Wein die Rede. Beim Vinho Verde bin ich mir nicht sicher.«

»Leonard ...«

»Ja ...«

»Schauen Sie mir in die Augen. Sagen Sie mir: Ich liebe Sie. Sonst trinke ich ...«

»Ich liebe Sie.«

»Langsamer, mit Überzeugung, ohne aus der Ruhe zu geraten ...«

»Ich liebe Sie, Helena.«

Sie ließ auf der Stelle das Glas los, das am Tischbein zerschlug, dann begann sie mit weit geöffneten Lippen eigenartig zu lachen. Das ganze Restaurant drehte sich zu uns um und vergaß einen Moment lang die beiden japanischen Kämpfer (der eine von ihnen verdrehte systematisch die Halswirbelsäule seines Gegners, der wiederum sein Knie in dessen Schritt stieß). Helena fing sich schlecht und recht wieder. Das wahnsinnige Leuchten, das in ihren Augen erschienen war, wich einer Art schwarzem Loch. Die Wahrheit, die Wahrheit … stieß sie aus, ohne den Satz zu beenden. Dann kippte sie das andere Glas Vinho Verde in sich hinein und erzählte mir ihre Geschichte. Auf jeden Fall irgendeine Geschichte. Aber ich glaube, dass sie diesmal den Tatsachen entsprach.

»Als ich Joe Stukowski kennenlernte, meinen Joe, meinen liebevollen Joe, trank er nur Vinho Verde. Er kam nicht von einem kleinen portugiesischen Luder los, das er auf dem Boden seiner Flasche wiederfand. Und er sang Lieder für sie. Sogar am Abend unserer Hochzeit sang er noch für sie. In meinem tiefsten Innern fragte ich mich, warum ich es war, die er heiraten wollte. Ich war wegen meines Archäologen traurig, er wegen seiner Portugiesin. Eines Tages sagte er zu mir, dass unsere Traurigkeit zusammenpassen könnte wie das Zirpen der Grillen bei Sonnenuntergang. Mein Joe war nämlich ein Poet. Unglücklicherweise verschwand meine Traurigkeit, wenn ich mit ihm zusammen war, nicht aber die seine. Er träumte immer nur von seiner kleinen Madonna, mit der er nur eine einzige Nacht verbracht hatte und deren Spur er verzweifelt suchte, indem er wie eine verlorene Seele über die Märkte von Porto irrte. Er fand sie auf dem Boden einer Flasche Vinho Verde. Es ist schrecklich, die Ehefrau eines Mannes zu sein, der mit einer Flasche billigem Wein Liebe macht. Man würde lieber die schönste Frau der Welt zur Rivalin haben … Eines Abends sagte ich zu ihm: Du kannst trinken, was du willst, mein lieber Joe, aber nie mehr Vinho Verde, hörst du, nie mehr! Und er hat es mir auf dem Deck seines Schiffes hoch und heilig versprochen. Dann wechselte er zum Rosé über, danach zu altem Roten und schließlich zu einer Kiste Gin, die er den Zöllnern zu einem Viertel ihres regulären Preises abkaufen konnte. Aber der Gin hatte nicht denselben Geschmack, sagte er. Eines Nachts hörte ich, wie er im Frachtraum ein portugiesisches Lied sang. Ich bin hinabgestiegen und sagte zu ihm: Mein lieber Joe, du hast dein Versprechen gebrochen … Halb betrunken antwortete er mir: Verräter kann man nur an seiner Sache sein. Und er fiel der Länge nach hin. Das war's.«

Helena war mit ihrer Geschichte fertig. Ihre Lippen bebten, und sie schaute mich mit einem Blick an, der fest sein sollte, der jedoch zwischen Würde, Wut und Zerrüttung schwankte. Sanft fragte ich:

»Haben Sie etwas in den Vinho Verde getan?«

Sie leugnete nicht, ohrfeigte mich mit einem Blick, ohne zu antworten.

»Kein Problem wegen der chemischen Wechselwirkung mit dem Vinho Verde?«, fuhr ich mit sehr gedämpfter Stimme fort, indem ich auf das kleine Fläschchen zeigte.

»Mit überhaupt keinem Wein«, gab sie barsch zurück. »Ich habe es Stuki nicht gesagt, aber Ihre Geschichte mit der Wechselwirkung ist total unglaubwürdig.«

Nachdem sie das gesagt hatte, kippte sie das dritte Glas herunter und drehte sich zum Fernseher um, wo die Menge einen riesigen, glatt rasierten Kämpfer ausbuhte, der mit großer Wucht auf das blau geschlagene Gesicht seines bedauernswerten Gegners eintrat. Helena und ich hatten uns nichts mehr zu sagen. Ich war haarscharf am Schlimmsten vorbeigeschrammt, dann aber doch noch mit einem unerwarteten Vorteil aus der Situation herausgekommen. Ich dachte an Joe Stukowski. Unabhängig von seiner Familienzugehörigkeit musste er auf seine Art ein großes Herz gehabt haben, wenn er sein Leben einer kleinen Portugiesin opferte, deren Reize er nur eine einzige Nacht genossen hatte …

Helenas Blick fiel wieder auf mich, er war im Begriff, völlig zu verschwimmen.

»Ich hätte mir so sehr gewünscht, dass Joe mich liebt«, stammelte sie. »Und wenn es auch nur auf dem Boden einer Flasche Vinho Verde gewesen wäre.«

Ihr Blick trübte sich. Die Musiker, wie immer von Tränen angezogen, traten mit lauten Trillern und Schreien auf uns zu. Man stellte einen Strauß malvenfarbener Tulpen auf unseren Tisch, und alles endete wie folgt: Helena beweinte laut ihren Joe, während sie ihre Tulpen fest an sich presste und an mir hängend einige Schritte eines Tanzes andeutete, der einmal ein Walzer gewesen sein muss. Alles endet, alles vergeht, alles verschwindet, alles verblasst, mein Leonard, Joe und die Engel … Wir fuhren in einem Luftfahrzeug namens Chevrolet heim, das die gesamte Breite der Straße ausfüllte, erst im letzten Augenblick die Kurve nahm und alle roten Ampeln überfuhr. Wie durch ein Wunder erreichten wir unversehrt die Swamp Street, benebelt, aber lebendig. Halten Sie mich, halten Sie mich ganz fest ... forderte Helena, die die Treppe hinauftorkelte, den Wohnungsschlüssel in ihrem Schuh suchte und das Loch des Spions mit dem Schlüsselloch verwechselte. Halten Sie mich fest, ganz fest. Ich möchte eine unvergessliche Liebesnacht ... Was die Liebesnacht betraf, so geriet sie, auf dem großen, durchwühlten Bett, zu einer Mischung aus amerikanisch-japanischem Kampfsport und Steckenbleiben im Sand. Einmal fuhr sie vor Schreck hoch: Du sollst wissen, dass ich dir verzeihe, mein Joe, für immer und alle Ewigkeit, das sollst du wissen! Ein schwarzes Loch zog den Rest ihrer Kräfte in sich hinein. Gegen Morgen lag sie laut schnarchend zusammengesunken zwischen dem Sessel und dem Heizkörper. Die Wimperntusche war in feinen Streifen über ihr Rouge gelaufen. Ich sah auch, dass sich unter ihren Brüsten genau dieselbe halbkreisförmige Narbe verbarg wie unter Jack Smells Augen. Dieser Anblick operativ veränderten Fleisches hat mich schon immer schrecklich traurig gemacht. Zum Glück drang von draußen der Gesang der Vögel herein, der die Segel der Morgendämmerung spannte, die eine durch nichts zu vertreibende Frische mit sich brachte und alles Geschehene vergessen machte. Und was die menschliche Seite betraf, so erloschen die Neonlichter eines nach dem anderen, die Fernsehgeräte zeigten das Testbild, die Kämpfer schliefen mit geschwollenen Lippen, und die Bühnen wurden abgebaut.

14

Alles entschied sich in diesen wenigen Sekunden. Es war 5:41 Uhr. Ich hatte gerade Helenas Wohnung verlassen und den Aufzug betreten. Ich dachte an Abimaëls Satz über die unerbittlichen Mechanismen, bei denen man nur die Möglichkeit hat, die Laufrichtung umzukehren. Mein Finger war sich unschlüssig, ob er die Null oder die Sechs drücken sollte. Nur Mut, Mr. Gründ, kehren wir den Lauf der Dinge um ... Ich entschied mich für die Sechs.

Da ich normalerweise frühmorgens zur Arbeit kam, hatte mir Stukowski einen Schlüssel für die Wohnung im sechsten Stock überlassen, wo er residierte. Von dort gelangte man nicht in sein Büro, aber man konnte die Tür mit einem Dietrich öffnen. Das gelang mir auch ohne weiteres, und ich betrat die flauschige Höhle, in der sich der stehende Zigarrengeruch mit dem Geruch eines Parfums vermischte. Am Fuß des Kompilators türmte sich ein ganzer Haufen Aktenordner, andere lagen verstreut auf dem Schreibtisch herum. Es fiel mir nicht besonders schwer, Greens Dossier zu finden. Es befand sich in einer Mappe aus rosafarbener Pappe und trug den Vermerk: *dringend.*

Es umfasste folgende Dokumente:

1) *C&C*

Lieber Stukowski,

Bezug nehmend auf unser heutiges Gespräch würden wir Sie bitten, umfangreiche Nachforschungen über eine Person namens A. Green anzustellen, die sich gelegentlich in einer Wohltätigkeitseinrichtung am Hanton Square Nr. 6 aufhält. Wären Sie mit den üblichen Konditionen einverstanden? Wir fügen diesem Schreiben ein Foto bei, das vermutlich die betreffende Person zeigt. Da die Aufnahme vierzehn Jahre alt ist, bestehen wir darauf, dass die Nachforschung eindeutige morphometrische Angaben ergibt (qualitativ hochwertige Aufnahmen von vorn und im Profil), die eine Identifikation ermöglichen.

Gary G. Buchanan

P.S. Wir warten auf Sonne.

2) *C&C*

Lieber Stukowski,

wir bestätigen den Empfang der Fotoaufnahmen von der fraglichen Person namens Green. Schon jetzt sind wir in der Lage, Ihnen zu bestätigen, dass die morphometrische Analyse der Aufnahmen absolut deckungsgleich ist mit derjenigen der Fotografie, die unserem ersten Schreiben beigefügt war. Es handelt sich also tatsächlich um ein und dieselbe Person. Wir bleiben mit Ihnen in Verbindung zwecks weiterer Instruktionen.

Gary G. Buchanan

P.S. Wir warten immer noch auf Sonne.

3) *C&C*

Lieber Stukowski,

wir haben unser Bankinstitut damit beauftragt, eine erste Teilzahlung an Sie zu überweisen, um die Kosten für die Identifizierung der fraglichen Person namens Green zu decken. Bezug nehmend auf unser Gespräch vom vergangenen Montag teilen wir Ihnen mit, dass eine zweite Teilzahlung nach Abschluss des Verfahrens an Sie überwiesen wird.

Gary G. Buchanan

P.S. Blauer Himmel über Florida. Nicht eine Wolke.

4) ***Erkennungsbogen**: A. Green, 1 m 85, dichtes weißes Haar, Andenmütze, sehr helle blaue Augen, langer, dunkelbrauner Mantel, Futter links ausgefranst, Stoff an beiden Ellbogen durchgescheuert, Schuhsohle mit radialem Muster. Er wird von einer jungen Mexikanerin begleitet, 1 m 65, dunkle Haut, schwarze, von einem Haarband zusammengehaltene Haare, Männerjacke und an den Knien durchlöcherte Jeans, Turnschuhe.*

Ziehen durch die Stadt. Verbringen nie mehr als ein paar Stunden an ein und demselben Ort. Erstens: Arktower, 23. Stock; zweitens: besetztes Haus in der Hudson Street Nr 45; drittens: ehemalige Botschaft von Guatemala; viertens: im Bau befindliches Gebäude in der Huntington Avenue zwischen der Nr. 31 und der Nr. 35; fünftens: St Jeremy-the-Birds; sechstens: alter Containerhafen, im geschlossenen Teil des Freihafens; siebtens: Gully 4526 zwischen Jefferson und Niels Avenue; achtens: Paradise Loft.

Genauso gut könnte man einen Luftzug einfangen.

Jack Smell

Die dem ersten Brief von C&C beigefügte Fotografie war aus einer Gruppenaufnahme ausgeschnitten worden und trug die Spuren eines halbkreisförmigen Siegels, auf dem sich das Wort UNIVERSITÄT erahnen ließ. Green war darauf ohne weiteres zu erkennen, aber er schien einer anderen Zeit anzugehören, trug eine Krawatte und einen blütenweißen Kragen, hatte einen lebhaften Blick, der auf eine herausragende Intelligenz und eine großartige Zukunft deutete. Auf den Vergrößerungen zog sich über sein Gesicht ein Netz aus ganz feinen horizontalen und vertikalen Linien, die das Maß des Kinns, der Augenbrauen und des Abstands der Augen sowie der Mundwinkel bestimmten, denn zu jeder der Linien gehörte eine Millimeterangabe.

Eine Zellophanhülle, in der sich die Negative von Jack Smell befanden, war das letzte Element des Dossiers. Ich notierte mir die Adresse von *C&C, Gary Buchanan*, steckte das kleinste Foto Greens in die Tasche und legte alles wieder an seinen Platz zurück. Im Büro nebenan kratzte die Katze an der Scheibe ihrer Dachluke. Sie schien mich nicht richtig wiederzuerkennen, riss ihre Augen weit auf wie ein verängstigter Vogel, der Unglück vorhersagt. Aus irgendwelchen unerfindlichen Gründen schaffte ich es nicht, den Raum zu verlassen. Ich schaukelte eine ziemliche Weile in dem Sessel desjenigen, der sich in der Rolle gefiel, mein Chef zu sein. Ich gab sogar meinem Bedürfnis nach, seine Zigarrenkiste zu öffnen und seine Geheimfächer eines nach dem anderen zu inspizieren. Sie enthielten alles mögliche: Zahnstocher, Korkenzieher, Nagelfeile, einen alten Thermoskannendeckel, Postkarten und Präservative …, das ganze Zubehör einer mittelmäßigen und beschränkten Existenz. Die unterste Schublade klemmte ein wenig, sie enthielt ein Dossier, das meinen Namen trug, zerknülltes Papier und ein Glas Mayonnaise. Da die Rückseite mit kreisrunden Fettabdrücken bedeckt war, musste mein Dossier ihm als Untersetzer gedient haben, wenn er seine Imbisse verschlang. Es enthielt ein einziges Blatt:

GRÜND LEONARD, geboren am 4. 6. 19 …
Besondere Merkmale: keine.
Familie: keine.
Ehefrau: keine.
Freunde und Bekanntschaften: keine.
Alkohol- oder Drogenkonsum: negativ.
Tabak, Zigaretten: negativ.
Blutgruppe A positiv. Dunkelbraunes Haar. Braune Augen.
Zierlicher Körperbau. 68 kg.
Strafregister: negativ.
Beeinflussbares Wesen.
Könnte genau passen.

Es enthielt auch eine für mich bestimmte Mitteilung Helenas, die ich nie erhalten hatte:

Mein Ungeheuer, mein Tänzer, mein Prinz der Dunkelheit, ich lade Sie auf ein Wiener Schnitzel ein, und Sie berichten mir Neuigkeiten aus Wien, Sie werden erleben, wie Ihre verdammte Gefährtin außer sich gerät, Sie werden ihr alle ihre Reize entlocken, wir werden uns lieben, dass es kracht. Helena.

Stukowskis Finger hatten Fettflecken auf dem Blatt

hinterlassen. Panikartig verließ ich den Raum. Der Aufzug brauchte eine Ewigkeit, bis er endlich bei mir im sechsten Stock ankam. Seine stotternde Mechanik stöhnte dauernd, wenn er Lasten beförderte. Als ich im dritten Stock an Helenas Wohnung vorbeifuhr, glaubte ich ein erschrockenes Röcheln oder Liebesgewimmer zu hören. Aber das wird wohl der Aufzug gewesen sein. Zu dieser morgendlichen Stunde um 6:37 Uhr, wenn die Menschen noch mit nichts etwas zu tun haben, lassen die Dinge manchmal die Laute ihrer Seele vernehmen.

15

So ist der Lauf des Lebens. Man antwortet auf eine Kleinanzeige, erhält den Auftrag, rote Pfingstrosen auszuliefern, und endet ein paar Wochen später mit einer 9-Millimeter-Pistole mit Schalldämpfer in der Tasche, die einen behindert wie ein erigiertes Glied. Man denkt, dass ein Mann, der eine Waffe trägt, die anderen nicht mehr so sehen kann wie zuvor, aber im Grunde weiß man, dass das, was seinen Blick verändert, dem Tragen der Waffe vorausgeht. Es ist ein schleichender Prozess, der bei der ersten Begegnung mit Abimaël Green einsetzte. Es kommt einem so vor, als hätte sich Green im Kopf festgesetzt und als würde er einem alles entfremden, die Mitmenschen, das Fieber, das die Stadt am Morgen packt. Öffne deine Augen, flüstert er, sehe, was du siehst, nicht das, was dein Gedächtnis dir vorgibt … Die Geschäfte zogen ihre Eisengitter hoch, die Schlagbohrer stießen durch den Asphalt, die Stadt war ein zugleich lebhaftes und leeres Niemandsland, in dem die Soldaten der geschlagenen Armeen wie lebende Leichen umherirrten, Befehlen gehorchten, die von nirgendwo kamen, sofort wieder veraltete Karten erstellten, steif und trocken die erlernte Parade übten und so gut wie möglich vor den wenigen Geschossen in Deckung gingen, die hier und da, je nach Laune der Artilleristen und des Windes, einschlugen.

Abimaël war nicht in St Jeremy-the-Birds. Er war nicht im Konsulat, Horatio erschien mit einer grauen Schürze auf der Schwelle, hatte den Mund voller Kokabrei und den grimmigen Gesichtsausdruck eines Menschen, mit dem nicht gut Kirschen essen ist: Ich bitte Sie, mein Herr, die Vertretung ist seit fünf Jahren geschlossen. Nicht eine Seele ist mehr hier, mein Herr. Ich werde schließlich dafür bezahlt, dass ich es weiß. Zum Glück wurde Horatio nicht dafür bezahlt, sich an seine Träume zu erinnern … In Richtung Wasserstraße, hinter den Docks, wurde das Dach der Lagerhäuser von schreienden Vögeln mit einer beeindruckenden Spannweite ruiniert. An Deck der *Columbus* lehnte ich mich über das schwarze Loch und rief so laut es ging nach ihm. Das Echo hallte von Frachtraum zu Frachtraum wider. Dann rief ich:

»Chenga!«

Der Name kam zu mir zurück, ein Schauder durchfuhr meinen Körper, der vibrierte wie ein goldenes Becken.

Ich machte mich Richtung Bloody Jane auf. Der Iglu-Bus war leer. Die Junkies schliefen auf einem Haufen in einem Lagerschuppen für Schrott. Ich sah die einsame Silhouette der Frau mit den Koffern. Den Blick starr geradeaus gerichtet, das Tuch um die Ohren gebunden, einen von oben bis unten zugeknöpften, mottenzerfressenen Mantel am Körper, wartete sie vor einem Waggon ohne Radachsen.

»Wohin fahren Sie?«, fragte ich sie.

Sie schüttelte den Kopf und rückte die Koffer näher zu

sich heran, um sich zu schützen. Trotz ihrer Verwirrung war ihr Gesicht schön, alterslos, ihr Blick fest nach vorn auf einen traurigen, unerreichbaren Punkt gerichtet. Ich blieb schweigend neben ihr stehen und spürte, dass sie das störte. Um der Situation ein Ende zu machen, nahm sie ihre Koffer und stieg in einen anderen, weit entfernt stehenden Waggon außerhalb meiner Sichtweite. Ich näherte mich lautlos den Fenstern und hörte, wie sie zu singen begann. Der Gesang hob ganz langsam an, zunächst nur gemurmelte Worte, dann hier und da ein Ton und schließlich ein leicht verbitterter und rau klingender Singsang mit jener Nachlässigkeit der Modulation, die sich in die Seele frisst. Während ich ihr zuhörte, sagte ich mir, dass sie Avna, Aïna, Assouna oder so ähnlich heißen musste und dass sie irgendwann einmal in einem Zug auf dem Schoß einer Mutter geschlafen haben wird, die dieses Lied sang. Was dann folgte, stellte man sich besser nicht vor. In dem Lagerschuppen erwachten die Junkies nach und nach aus ihrer Erstarrung, eine Hummel knallte gegen die Scheibe des Waggons, und die Frau hörte zu singen auf. Mit einem etwas schlechten Gewissen, etwa so wie beim Verlassen eines Friedhofs, entfernte ich mich wieder. Die Sonne ging unter, die Stadt versank in den üblichen Rauchschwaden. Ich merkte, wie ich beim Gehen zwischen den zusammengebissenen Zähnen pfiff wie Jack Smell.

»Immer noch ruiniert?« krächzte der Neger mit den gelben Augen im *Paradise Loft*. Als Kupfer mich sah, hüpfte er vor Freude. Laverdure blickte von seinem Kartenspiel auf:

»Schau an, die Sardinenkonservenfabrik.«

Dann fügte er mit einem schmutzigen Lächeln hinzu:

»Wenn du dich hier verstecken willst, Bruder, dann bist du zu einem sehr ungünstigen Zeitpunkt gekommen …«

»Wieso?«

Er zeigte mit dem Kinn zum oberen Teil des Fensters, in dem sich ein blinkendes Blaulicht spiegelte.

»Heute ist Montag«, sagte er. »Allgemeine Kontrolle. Die Bullen.«

»Was suchen sie?«

»Alles: Schnaps, Stoff, gefälschte Papiere, Knarren. Sie suchen nichts Bestimmtes. Montags ist allgemeines Filzen und Großreinemachen angesagt im *Paradise Loft.*«

»Ich glaube, es ist besser, wenn ich gehe.«

»Zu spät«, meinte Laverdure. »Sie sperren alle Ausgänge ab.«

Er leerte seine Flasche Palmenschnaps, strich sich mit dem Ärmel über die Lippen und fuhr dann, verschlagen dreinblickend, fort:

»Wenn du ein Problem hast, kein Problem. Ich weiß ein Versteck.«

»Wo ist es?«

»Das kostet dich fünf Dollar.«

Er nahm den Geldschein, faltete ihn vorsichtig, legte ihn auf seinen Oberschenkel und sagte dann:

»Doc Watson. Zimmer 412.«

Zum Glück war Watson in seinem Zimmer. Er begriff sofort den Grund für meinen Besuch, ließ mich alles auf den Tisch legen: Kugeln, Schalldämpfer, die 9-Millimeter.

»Gutes Material«, sagte er fachmännisch. »Das macht 10 Dollar.«

Ich gab ihm den Geldschein. Er steckte die Waffe in eine Tüte und versenkte sie in der bräunlichen Soße, in der Cornelius schwamm. Das Tier reagierte mit einem furchtbaren Schwanzschlag darauf.

»Er weiß, dass es nichts zu fressen ist«, lachte Watson. »Das ärgert ihn.«

Und er streichelte ihm von den Nasenlöchern bis zu den Augen über das Maul. Das Tier ließ es sich gefallen, denn die Liebkosung war zärtlich, und vielleicht war es die einzige Zärtlichkeit, zu der Watson je fähig gewesen ist. Nach einer Weile öffnete das Krokodil sein riesiges Maul und zeigte dessen rosiges Inneres und die weißen Zähne, dann tauchte es mit einem sinnlichen und blubbernden Grunzen ab, das mit dem Donner eines frei gemachten Ausgusses endete.

»Wenn Sie damit Green umbringen wollen, dann machen Sie es ordentlich«, riet mir Watson, während er sein Tier weiter streichelte. »Und seien Sie vor allem weniger gutgläubig. Laverdure hat ein angeborenes Gespür für Profit, das hätten Sie merken müssen. Montags statten die Bullen dem *Paradise* zwar einen Besuch ab, aber sie kommen nie weiter als bis zum ersten Stock. Der Kommissar führt bei Lauren Bacall eine eingehende Leibesvisitation durch, und sein Stellvertreter macht mit Nick Geschäfte mit gepanschtem Whisky. Das Faszinierende am *Paradise Loft* ist, dass hier sogar die reinsten Seelen am Ende entweder bedenkliche Neigungen an sich entdecken oder eine Verwandtschaft mit dem Teufel. Und von Pamela Dexter und ihren weißen Gänsen rede ich erst gar nicht. Die sind noch schlimmer. Die haben ihre Lasterhaftigkeit mit den Farben der Tugend übertüncht, und man versteht schnell, je kräftiger die Farben leuchten, um so größer ist die Lasterhaftigkeit … Aber ich weiß, dass Sie weder eine reine Seele noch eine weiße Gans von Pamela Dexter sind. Menschen ihrer Art bringe ich eine gewisse Achtung entgegen. Wenn es mehr von dieser Sorte gäbe, würden wir klarer sehen. Allerdings merke ich auch, dass Sie noch ein Berufsanfänger sind, dass Sie Ihren Lohn verschwenden und Ihre Zeit verlieren. Wenn Sie auf Laverdures dummes Geschwätz reinfallen, könnten Sie dem Zauber Greens erliegen. Zögern Sie also nicht. Bedenken Sie, dass er zäh ist und nur selten ins *Paradise Loft* kommt, auch wenn er sich dann immer Zeit nimmt, um seinen Linsenbrei zu essen. Abgesehen davon fallen Sie hier auf. Und falls Green sich einen schlimmen Schnupfen holt, gibt es hier genügend billige Denunzianten, die bereit sind, Ihnen dafür den schwarzen Peter zuzuschieben. Sie werden also an den anderen Plätzen agieren müssen, an denen er sich aufhält. Das ist ein freundschaftlicher Rat. Versuchen Sie es am Hauptkanal, man kann von der Ecke der Jefferson Avenue aus hinabsteigen. Wenn Green an den anderen Plätzen nicht zu finden ist, dann ist er da. Ich wünsche Ihnen viel Glück. Wenn mir nicht ein Rest von Moral geblieben wäre, würde ich Sie noch einmal zehn Dollar zahlen lassen, damit ich Ihnen Ihr Pfand zurückgebe.«

Und Watson warf mir einen Blick zu, der würdig und

wohlwollend wirken sollte, mit einem Rest von Moral eben.

»Und halten Sie mich über das Mädchen auf dem Laufenden«, näselte er mir hinterher, als meine Hand schon auf der Türklinke lag.

Es wurde dunkel, das Blaulicht warf blaue Schimmer an die Fassade des *Paradise*. Ich fühlte mich vom freundschaftlichen Blick Angel Watsons beschmutzt. Ein Mensch meiner Art zu sein, widerte mich an.

16

Meine dritte Begegnung mit Green fand also unweit des Hauptkanals in der Jefferson Avenue statt. Er sammelte die Abwässer von West und East Point, um sie durch ein Gittersystem zu den alten Klärbecken zu leiten. In diesen Labyrinthen toste das Wasser, aber der Geruch war dank der Kälte und der durch den Fluss noch größeren Wassermenge erträglich. Über einen mit einer Balustrade versehenen Eisensteg konnte man sich trockenen Fußes entlang der Felswand bewegen. Chenga sah mich zuerst. Wie aus dem Nichts tauchte sie plötzlich mit zerzausten Haaren, wildem Blick und einem abgeschlagenen Flaschenhals als Waffe in der rechten Hand im Lichtkegel meiner Taschenlampe auf. Als sie mich erkannte, stürzte sie sich auf mich und vergrub ihren Kopf in meinen Hals. Es war ihr Kuss, ihr wilder Atem, ich erkenne dich, du bist es, und sonst niemand, tritt ein in das unterirdische Reich der Abwässer.

Sie hob wieder den Kopf:

»Er wartet auf dich.«

Dann ging sie mir auf dem Steg voraus. Das Tosen schwoll an, bis es sich weiter vorn in einem Echo brach, das wie in einer Schlucht klang. Wir näherten uns Wasserfällen. Der Kanal wurde etwas breiter, beschrieb einen Bogen und mündete plötzlich in eine riesige Halle ein. Zu unserer Linken: die dampfenden Katarakte, vier Meter unter uns: das schäumende Wasser, weiter vorn: das Schachbrettmuster der Klärbecken, ein in der Luft stehender Nieselregen. Am anderen Ende der Halle, regungslos auf dem Steg zusammengekauert: Abimaël Green.

Die Wände waren mit winzigen Pilzen bedeckt, die aussahen wie gelbe Flechten. Wegen des Wasserdunstes war es besser, die Taschenlampe auszuschalten und sich allein vom Schein der Kerze leiten zu lassen, die von unten das Gesicht Abimaëls beleuchtete. Seine Lippen bewegten sich, und mit weit aufgerissenen Augen schien er zu halluzinieren. Chenga und ich setzten uns hinter ihn. Sein untersetzter Rücken lag im Gegenlicht des Kerzenscheins und seine Mütze warf einen riesigen Schatten an die Höhlenwände. Vor der tosenden Kulisse des herabstürzenden Wassers gab er eine raue Beschwörungsformel von sich, von der ich kein einziges Wort verstand. Schließlich umfasste Chenga seine Arme, um ihn von meiner Anwesenheit in Kenntnis zu setzen.

Er drehte sich zu mir um, seine Wimpern zuckten, und ich sah, dass er mich tatsächlich erwartet hatte.

Wir machten uns zu dritt auf den Weg. Etwas weiter vorn führte eine Eisentreppe zu einer Metalltür. Auf der anderen Seite trat an die Stelle des Kanalgeruchs derjenige von Kellern, wir bewegten uns in einem dunklen Schlauch, Umflechtungen von Elektroleitungen zwangen uns, die Köpfe einzuziehen. Die von einem Stein bewachte zweite Tür, vier Betonausleger, ein riesiger Keller mit niedriger Decke.

Chenga stellte die Kerze auf dem Boden ab und breitete die Decke aus.

»Hören Sie …«, sagte Abimaël.

»Was?«

»Das Atmen des Wassers.«

Man hörte das gedämpfte Tosen der Wasserfälle. Aufgrund irgendeiner geheimnisvollen Ventilbewegung konnte das Geräusch tatsächlich an ein langsames Atmen erinnern. Zwischen dem Tosen und uns gab es so etwas wie eine Ruhezone, in der unsere Stimmen widerhallten.

»Was haben Sie da gerade rezitiert?«, fragte ich.

Erst einige Zeit später antwortete er mir.

»Ein Gedicht. Lassen Sie es uns so nennen, denn es hängt von nichts ab, macht sich an nichts fest und wird von nichts gehalten. Gedichte sind die einzigen Texte, die in der Leere schweben. Das gerade von mir rezitierte wurde einst in Altkatalanisch verfasst. Früher muss ich einmal gewusst haben, woher dieser Text stammt, wer ihn verfasst hat und wie er zu mir gelangt ist. Heute kenne ich nur noch die Worte des Gedichts. Sie kommen mir unbewusst über die Lippen. Ich glaube, der Mann, der sie niedergeschrieben hat, ist mir ähnlich. Ich sehe, dass eine seiner Hände verbunden ist. Er ist kraftlos, er ist gerade einen der wildesten Zuflüsse des Urubamba hinaufgekommen. Das Wasser hat ihm alles genommen: seine Freunde, seine Träger, seine Pferde. Er und die übrigen Überlebenden mussten mehrmals an Land gehen, um die Boote auf dem Rücken zu tragen. Als seine Hand die Worte des Gedichts niederschreibt, blickt er auf die Stromschnellen des Flusses. Er wird bald sterben. Er schreibt:

›Wieder und wieder werde ich dieses Wasser betrachten, das mich verbittert, zum Waisen und kinderlos gemacht hat. Ich wollte sein flüssiges Gitter durchdringen. Ich dachte, dass ich es bezwingen könnte, und müsste ich dafür aus meinem Körper auch einen Steeven machen. Aber das Wasser lässt sich nicht bezwingen, es teilt sich, wenn es ihm beliebt, und schließt sich wieder nach eigenem Gutdünken. Es kann demjenigen freundlich gesonnen sein, der sich mit ihm in ruhigen Becken vereinen mag, aber es kann auch über denjenigen lachen, der seinen Lauf zu bändigen sucht. Demjenigen, der es eindämmen will, beschert es Überschwemmungen. Es ähnelt der Zeit. Derjenige, der die Zeit verkennt, mag es betrachten, so lange er will, er wird sein ganzes Leben darin finden. Die Stämme unvorsichtiger Bäume werden unweigerlich zur Mündung fortgetragen. Auf die Wildheit der Katarakte folgt die Ruhe des Niedrigwassers. Gott, senke das Haupt desjenigen, der die Welt zu besiegen glaubt. Amen.‹«

Die letzten Worte verhallten. Er kniff die Augen angestrengt zusammen, so als würde er sich krampfhaft bemühen, mich wiederzuerkennen.

»Ich habe mich nach Ihnen gesehnt, Mr. Gründ. Ich fürchtete schon, sie hätten einen anderen an Ihre Stelle gesetzt. Ich sagte mir, dass die da oben ungeduldig werden könnten.«

Nach einer kurzen Pause fuhr er fort:

»Haben Sie was?«

»Gary G. Buchanan«, sagte ich.

Er zog die Stirn hoch, wiederholte den Namen mehrmals und verneinte schließlich mit dem Kopf.

»Buchanan, das sagt mir überhaupt nichts.«

»Vielleicht auch nur ein Auftragnehmer.«

»Das wird wohl leider so sein, Mr. Gründ. Wer übernimmt heutzutage schon noch die Verantwortung für Verbrechen ...«

Dann gab ich ihm das kleine Foto, auf dem er selbst abgebildet war. Er beugte sich darüber, führte die Kerze näher heran und betrachtete die Aufnahme aus wenigen Zentimetern Entfernung unendlich lange, so als würde es sich um eine leuchtende Linse handeln. Schließlich fiel sie ihm aus der Hand.

»Ein Selbstbildnis, Mr. Gründ. Wir schleppen so viele Dinge hinter uns her. Ganz offensichtlich weiß dieser Mann, der uns von dieser Schwarzweißaufnahme aus lächelnd ansieht, auch nicht mehr.«

Chenga hatte sich des Fotos bemächtigt und beugte sich ihrerseits gierig darüber.

»Es ist der Ausschnitt eines Gruppenbildes«, sagte ich.

Er hörte mit abwesendem Gesichtsausdruck zu:

»Mit dem Stempel einer Universität ...«

»Universität ...«

»Waren Sie Professor, Mr. Green? Waren Sie Professor Green?«

»Professor Green ...«

Er begann merkwürdig zu lachen.

»Nein, Mr. Gründ, treiben Sie mich nicht in die Enge. In welcher Fachrichtung hätte ich denn Professor sein sollen? Haben Sie eine Vorstellung ...«

Sein Lachen wurde jetzt immer lauter. Chenga gab mir

das Foto und drückte ihn an sich, so als würde sie ihn wegen seines Lachens trösten wollen, das nicht wirklich wie ein Lachen klang und einem durch Mark und Bein fuhr.

Mit derselben falschen Heiterkeit sagte er:

»Und auf welche Weise sollen Sie mich jetzt umbringen, Mr. Gründ?«

Ich holte den Revolver und den Schalldämpfer aus der Plastiktüte. Beides legte ich auf die Decke. Nach und nach beruhigte er sich wieder.

»Das Gift war sanfter«, bemerkte er. »Vielleicht war es ja ein Fehler von mir, dass ich es verschmäht habe. Diese Steigerung bei der Wahl der Waffen hat im übrigen mit Ihnen zu tun und nicht mit mir. Wenn Sie nochmal versagen, geben sie Ihnen eine Stichwaffe.«

»Warum?«

»Der Mord mit einer Stichwaffe schafft eine Vertrautheit, die nie mehr vergeht. Auch die Kugel wirkt in beide Richtungen. Sie erzeugt ein Mordopfer und einen Mörder. Genau das ist es, was sie wollen.«

»Was wollen sie?«

»Aus Ihnen einen Mörder machen. Damit gehören Sie dann zur Familie, denn genau so werden bei diesen Leuten Bindungen hergestellt.«

Mit einem Mal wirkte er sehr traurig. Chenga redete mit ihm in ihrer Sprache. Mir schien, als würde sie ihn etwas fragen. Er zuckte mit den Schultern.

»Ich fühle, dass Sie die Sterne vermissen. Kommen Sie.«

Die Decke wurde wieder zusammengefaltet. Wir kletterten durch einen runden Belüftungsschacht, durch den auch zahlreiche Metallrohre führten. Ganz am Ende des Schachts musste man eine runde Klappe aufstoßen und eine letzte Tür mit dem Dietrich öffnen. Der Nachtwind trug den Geruch von Knospen und frischen Kräutern zu uns. Um uns herum standen Bäume.

»Der Mond und die Sterne«, jubelte Abimaël.

»Der Park«, sagte Chenga.

Es muss elf Uhr gewesen sein. Der Abend verging am Fuße einer Platane am Wegesrand mit Wein, von dem jeder in kleinen Schlucken trank, einem etwas trockenen Brot und einem Reisigfeuer, das einen Moment lang das Gesicht und die Handflächen wärmte. Hinter den dichten Baumreihen erinnerte der Lärm der umliegenden Autostraßen daran, dass wir uns mitten in der Stadt in einem Park befanden, der nachts geschlossen war. Ein zerbrechliches und pflanzliches Glück. Abimaël war schweigsam geworden, kaute unendlich lang auf seinem Brotkanten. Am Ende der Mahlzeit zeichnete er ein Rechteck in den Sand. In das Innere des Rechtecks malte er nebeneinander menschliche Formen, Rümpfe, Hälse, Gesichter, vier davon in einer ersten Reihe, darüber drei weitere, wobei er um eine der drei Silhouetten nochmals ein Kästchen zeichnete. Chenga bedeutete mir, ihn allein zu lassen. Sie ging mir voraus in Richtung eines entleerten Beckens, das von Gnomen aus Stein bewacht wurde, um schließlich zu einer verglasten Halle zu gelangen, die in den Hauptweg des Parks hinein ragte. Dort hatte man Sockel, einige bronzene Stifterfiguren, tropische Pflanzen und Gartengeräte untergestellt. Der Mond verlieh diesen seltsamen Kulissen einen perlmuttenen Glanz. Er war fast voll und stand direkt über dem Weg, wo man Abimaëls Silhouette erkannte, die immer noch über die Zeichnung gebeugt war.

»Es geht ihm nicht gut«, flüsterte Chenga.

»Wieso?«

»Seitdem du da bist.«

Die mondhelle Nacht war kalt. Chenga holte einen alten, abgewetzten Teppich, mit dem sie uns zudeckte. Ich sagte zu ihr, dass dies das Fell des Bärengottes Tasorintsi sei, und sie lachte ein wenig, aber kaum merklich. Später nahm sie ein Halsband aus schwarzen Körnern ab und legte es mir um den Hals. Sie tat es wortlos, wie bei einem Ritual. Dann forderte sie mich schweigend auf, zum Mond aufzuschauen, mich blenden zu lassen. Ich fiel in eine eisige, schlafähnliche Ekstase …

Ich wurde von leisen Schüssen geweckt, die so dumpf klangen wie kurze, leise Schreie. Mitten auf dem Hauptweg stand Abimaëls Silhouette. Er hielt meine Waffe in der Hand und schoss auf die Sterne. Mit einem Mal erinnerte ich mich wieder an alles: Mein Vater lud sein Gewehr nach, lief wie ein Wahnsinniger über die Wiese und schrie: Sie sollen endlich aufhören, mich anzustarren, diese verdammten Sterne, sie sollen endlich aufhören!

Chenga stieß mir in den Rücken:

»Geh zu ihm, sprich mit ihm, das ist es, was er will …«

Die Hand meiner Mutter drängte mich damals genauso: Geh zu ihm, mein Kind. Geh zu ihm. Dir tut er nichts …

Abimaël ließ es zu, dass ich mich ihm näherte. Seine Augen blickten ganz starr, er sagte:

»Betelgeuse, Orion, Sirius … Die Reichweite der Kugel beträgt vierzig Meter, die Sterne sind vierzig Milliarden Lichtjahre entfernt. Und selbst wenn sie Raketen abschießen, sie reichen kaum weiter als bis zum Ende des Revolverlaufs … Sieh doch, wie die Sterne lachen, sieh, wie sie über so viel Arroganz lachen, sieh …«

In einem strengen Ton forderte ich von ihm die Waffe zurück. Ich sagte ihm, dass es gefährlich sei. Auch damals hatte ich dasselbe Wort benutzt, und wieder brachte ich es nur mit zittriger Stimme heraus. Abimaël ließ den Revolver fallen, trat auf mich zu, packte mich am Kragen und zog ihn immer fester zusammen.

»Ich weiß, dass du es bist, *Spencer, Gary Spencer* … Hinter was für einem Engelsgesicht versteckst du dich noch?«

»Ich bin nicht Spencer, ich bin Gründ, Leonard Gründ!«

Er ließ mich umgehend los, wich ein paar Schritte zurück, torkelte von einem Baum zum nächsten, kam schließlich wieder zurück und stellte sich direkt vor mich, wo er lange mit feurigen Augen regungslos verharrte, als würde er mich immer noch nicht wirklich wiedererkennen. Am Ende legte er seine Hand auf meine Schulter:

»Zu viel, viel zu viel für heute, Mr. Gründ. Ich muss ein wenig den Kopf verloren haben. Entschuldigen Sie …«

Mein Vater verhielt sich ganz genau so. Der Gewehrlauf hatte einen Abdruck auf seiner Wange hinterlassen, und weinend sagte er: Ich habe nichts aus meinem Leben gemacht, Kleiner. Mach du etwas daraus, mach etwas daraus …

17

Die Nacht zerstreute uns wieder wie verlorene Figuren, zwischen die Baumstämme, die steinernen Gnome, die Glaswand und den Mond. Abimaël kehrte wieder zu seinem Baumstamm zurück, und ich legte mich neben Chenga. Ich hatte einen Traum. Ich schwamm den Urubamba hinauf, die Strömung war stark, mich verließen nach und nach die Kräfte, aber trotzdem kam ich noch voran. Flussaufwärts stand ein riesiges Gebäude mit Frontgiebel und Säulengängen. Der Traum verschwamm wie Tau auf dem Marmor bei Tagesanbruch. Ich lag allein unter dem Teppich Tasorintsis. Chenga, Abimaël, beide fort. In Richtung Parkgitter sah ich, wie die ersten Lichtkegel der Autos vorbeibrummten. Die Stadt erwachte, die Neonlichter verblassten. Ein Taxi raste vorbei. Zum Glück sah der Fahrer, dass ich winkte, und bremste scharf. Es dauerte eine Weile, bis ich ihm ein Fahrziel nennen konnte. Ich sagte ihm, dass ich zur Universität wollte. Er fuhr wie der Blitz los. Wir kreuzten ganze Massen von Autos. Ich bewegte mich immer noch gegen den Strom.

Die Universität lag auf der anderen Seite des Flusses. Mit ihren verstreuten Gebäuden und großen Rasenflächen täuschte sie britischen Glanz vor. Durch den Hauptturm zogen sich lange Gänge, durch die gegen acht Uhr morgens junge Menschen strömten, die es eilig hatten. Ich klopfte an der erstbesten Tür und brabbelte gleich los:

»Entschuldigen Sie bitte, meine Dame ... Hat es an dieser Universität einmal einen gewissen Professor Green gegeben?«

Die junge Sekretärin, an die ich die Frage gerichtet hatte, blickte mit ihrem vergoldeten Brillengestell zu mir auf:

»Welcher Fachbereich, mein Herr?«

Ich zeigte ihr das Foto von Green. Sie schien zu verstehen:

»Führen Sie Ermittlungen durch?«

»Ja und nein ...«

»Wir sind nicht ermächtigt, auf derlei Fragen zu antworten.«

»Ich muss leider darauf bestehen. Die Angelegenheit ist zu persönlich, um eine Genehmigung dafür zu erhalten.«

Sie musterte mich ratlos, ohne zu wissen, was sie tun sollte. Eine zweite Frau tauchte in meinem Gesichtsfeld auf. Sie ähnelte ein wenig Pamela Dexter: energische Fünfzigerin mit runden, frischen Backen, die zu Mitgefühl neigte. Sie nahm ihrer Kollegin das Foto aus der Hand und forderte mich auf, in einem Nebenzimmer Platz zu nehmen.

»Dann erklären Sie mir doch mal, um was für eine zu persönliche Sache es sich denn da handelt«, sagte sie mit zusammengepressten Lippen.

Ich verrannte mich in eine Geschichte, in der es um ein Schmuckkästchen, ein gerettetes Foto und einen Vater ging, den ich nie kennengelernt hatte. Zum Glück war die Dame sehr einfallsreich und ergänzte meine Erzählung.

»Ich kenne Sie nicht«, erklärte sie, »aber ich vermute, dass Sie verloren sind, einer fixen Idee hinterherjagen. Ihre Mutter bewahrte Fotografien in einem Schmuckkästchen auf? Was soll's … Geben Sie Ihrer Mutter zurück, was ihr zusteht. Welches Mädchen hat nicht schon einmal die Idee gehabt, das Foto eines Professors aufzubewahren, den sie bewundert … Das heißt noch lange nicht, dass er Ihr Vater sein muss. Lassen Sie's … Vergessen Sie die Geschichte. Machen Sie es nicht so wie alle diejenigen, die sich ihr Leben lang in irgendwelchen Hirngespinsten verrennen. Haben Sie einen Analytiker?«

»Nein, meine Dame.«

»Nehmen Sie sich einen, es ist allerhöchste Zeit.«

Schließlich setzte sie ein undurchdringliches Lächeln auf. Ich glaube, dass sie beim Händedruck zum Abschied den von mir ausgehenden Geruch bemerkte. Nein, auf gar keinen Fall, muss sie sich gesagt haben, ein Mann, der nach Abwasserkanal und dem *Paradise Loft* stinkt, kann nicht das uneheliche Kind eines Universitätsprofessors sein. Ihr Gesicht verzog sich leicht.

Ganz in der Nähe befand sich eine Bibliothek, wo die Bedienstete hübsch, flink und hilfsbereit war. Sie zählte mehrere Professoren namens Green auf. Einer von ihnen unterrichtete Enzymologie, William Green. Ein anderer Werkstoffkunde, Donald. Ein dritter hatte einen Lehrstuhl für präkolumbianische Geschichte inne, war aber vor mehr als zehn Jahren verstorben. Sein Vorname lautete Abel.

»Der muss es sein«, sagte ich.

»Aber wollten Sie ihn nicht kennenlernen?«

»Ihn persönlich oder sein Werk, gnädige Frau.«

Sie zögerte einen Augenblick lang, fuhr sich mit der Zunge über die Lippen und entschloss sich dann unerklärlicherweise, mir zu glauben. Dann bot sie mir an, zwei seiner Veröffentlichungen einzusehen:

Die ersten Kartographen der Neuen Welt: eine unsichere Geographie.

Von Vitcos nach Vilcabamba. Mythos und Realität der verschollenen Stadt.

Gab es noch andere Veröffentlichungen von Professor Abel Green? Sie schaute in ihren Regalen nach, tippte vergeblich auf ihrer Computertastatur herum.

»Wenn ich mich recht erinnere, hatte er eine Art Abhandlung über das Labyrinth verfasst«, sagte sie. »Ich finde aber die Signatur nicht.«

»Diese Arbeit interessiert mich.«

Sie betrachtete mich, ohne mich zu sehen, und versuchte ihren Gedanken klarer zu fassen.

»Versuchen Sie es bei seiner Witwe«, schlug sie widerstrebend vor, »man weiß ja nie ...«

Die Adresse erschien auf ihrem grünen Bildschirm. Sie notierte sie für mich auf einen Zettel:

Olivia Carpenter-Green
107 Carlson Av.
White Colony.

Ich ging mit *Die ersten Kartographen* und dem Versprechen fort, ihr das Buch am nächsten Tag zurückzubringen. In dem Bus, der zu den schönen, von Bäumen gesäumten Straßen des vornehmen Wohnviertels White Colony fuhr, überkam mich ein befremdliches Gefühl. Alle Anwesen hier glichen sich irgendwie: von hohen Zäunen umgebene luxuriöse Häuser, Wiesen und Strauchhecken, manchmal ein bissiger Hund, manchmal ein einzelnes Kind auf einer Schaukel. Ich schlug das Buch an einer beliebigen Stelle auf und las:

> *Für Kolumbus betrug die Länge des Meridianbogens 45 Seemeilen, während sie nach Ansicht von Ptolemäus 50 betrug. Erathostenes errechnete einen Umfang von 59,5 Seemeilen, was fast dem tatsächlichen Wert entspricht. Der Irrtum von Kolumbus ist vielleicht auf die Verwechslung zwischen der arabischen Seemeile mit der italienischen Seemeile zurückzuführen. Aus diesem Grund dachte er, dass der Erdumfang geringer sei, als die Denker der Antike angenommen hatten …*

Ein Irrtum kann manchmal Großes bewirken, dachte ich. Und ich dachte an Minuchin. Wem oder was jagte er in seinen Kartenstößen hinterher? Der Irrtum, derselbe Irrtum, der ihn wie ein Zirkustier beim Knall der Peitsche eine Pirouette vollführen ließ, hatte Kolumbus zu seinem großen Abenteuer befähigt. Und welchen Irrtum war ich im Begriff zu begehen? Während ich mich auf dem Weg zu Olivia Carpenter befand, fragte ich mich, ob meine Reise in die Vergangenheit Greens eher einer Fahrt über das Meer oder durch ein Niemandsland ähnelte, mehr von Kolumbus oder Minuchin hatte.

Manchmal überkommen einen solch merkwürdige Gedanken.

18

Olivia Carpenter-Green ähnelte ihrem Anwesen, beide blickten auf eine ehrwürdige Vergangenheit zurück. Das Haus verfügte über eine Freitreppe und eine Loggia, aber der Weg wurde schon seit vielen Jahren nicht mehr geharkt, so dass überall das Unkraut wild wucherte und eine verwilderte Glyzinie nahezu die gesamte Fassade bedeckte. Man musste lange auf einen glockenförmigen Knopf drücken, an einem wackeligen Gitter rütteln, ein paar Katzen verscheuchen, bevor man Olivia Carpenter, vom Licht geblendet, auf der Freitreppe stehen sah. Sie war eine bejahrte Frau mit zerzaustem Haar, trug eine mit Farben verschmierte Schürze und hatte die Stimme einer Tragödin. Halb übergeschnappte Künstlerin, halb in die Jahre gekommene Prinzessin mit alten grünen Augen, in denen Gutmütigkeit und Boshaftigkeit wechselten. Sie plapperte ohne Punkt und Komma:

»Wenn Sie meinen Mann noch gekannt haben, waren Sie aber ein ziemlich junger Student. Aber was soll's, kommen Sie herein … Ihr Besuch bringt ein wenig Abwechslung in den Alltag. Achten Sie nicht auf die Unordnung und nehmen Sie sich vor dem braunen Kater in Acht, er hält sich manchmal für einen Wachhund. Es kommen schon lange keine Studenten mehr zu mir. Anfangs kamen Studenten jeden Alters und von überall her. Der eine schrieb an seiner Doktorarbeit, der andere wollte in der Bibliothek herumwühlen, wieder ein anderer kam zum Gedenken an ihn ... Und diese jungen Herren brachten mir als Geschenk alles das mit, was ich verabscheue: Blumen vom Floristen oder Pralinen, die ich erst einzeln aus der silbernen Folie auspacken musste, um sie an die naschhafteste meiner Katzen zu verfüttern. Sie dagegen haben wenigstens so viel Anstand, mit leeren Händen zu kommen. Heben Sie die Tür an, wenn Sie sie schließen, sie schleift. Überhaupt ist das ganze Haus mit Fallgruben übersät, und noch der letzte Fensterladen will, dass man respektvoll mit ihm redet. Nehmen Sie den Sessel mit der karierten Decke, sie ist nicht so voller Katzenhaare. Was verschafft mir die Ehre Ihres Besuchs?«

»Ich suche ein Buch, das Ihr Mann über die Labyrinthe der Inka geschrieben hat. Der Titel lautet ›Abhandlung über das Labyrinth‹ oder so ähnlich.«

»Ein schöner Titel. Ich kann Ihnen nicht schwören, dass mein Mann es geschrieben hat, aber es wäre ihm zuzutrauen. Ich glaube, er hat eine Zeitlang über die Glyphen gearbeitet, Sie wissen schon, die Glyphen, diese Schriftfragmente ... Wir schauen gleich in seinem Arbeitszimmer nach. Es ist ein wenig frisch hier. Ich werde Ihnen eine Tasse heißen Tee machen.«

Sie ließ mich inmitten ihrer Katzen allein. Der dicke braune Kater hatte es sich mit schweren Augen auf einem Bücherstapel gemütlich gemacht, während eine junge Schönheit namens Altaïr auf dem Sessel gegenüber geschickt ihre langen weißen Pfoten pflegte. Abgesehen von diesen Wesen glich das Wohnzimmer dem Hinterzimmer eines auf Mineralien spezialisierten Trödlers. Manche Steine waren riesig, und ihre großen glatten Kanten nahmen auch noch die letzte freie Fläche im Raum ein. In der Mitte des Kapernaums stand eine Staffelei mit einer fast weißen Leinwand, über die sich nur eine bläuliche, horizontale Linie zog. Die Palette daneben funkelte vor frischen Farben und der Terpentingeruch überdeckte das Geruchsgemisch von Katzenurin, feuchtem Kamin und alten, schmutzigen Vorhängen.

»Die Katzen sind unsere Gebieter«, fuhr meine Gastgeberin beschwingt fort, indem sie das Tablett mit dem Tee abstellte. »Sie tun so, als seien sie unsere Haustiere, schmeicheln uns ein wenig, und ansonsten herrschen sie über uns. Hoffentlich nehmen Sie keinen Zucker, es ist keiner mehr da. Ich habe nur noch ein paar Bonbons übrig, aber ich gebe sie einem schwarzen Kind, das von Zeit zu Zeit hierher kommt und meine Steine mit einer so seltenen Entzückung betrachtet, dass ich ihm immer etwas gebe, wenn es bettelt. Wie ein Wilder läuft es dann, die Karamellbonbons in der Faust, davon. Die Liebe zu den Steinen ist eine merkwürdige Sache. Ich sage oft: An irgendetwas muss man ja sterben, man zerkleinert sein altes Fleisch eben, so gut es geht. Ich liebe Meteoriten über alles in der Welt, auch wenn sie nur gewöhnlichen Kieselsteinen ähneln. Es sind die Pflastersteine im Garten der Welt. Stellen Sie sich einmal vor, was für eine Geschichte sie haben ... Aber ich langweile Sie, ich rede und rede ... Sie sind wegen etwas anderem hierher gekommen, nicht wahr? Wie kommen Sie zu Ihrem Interesse für Labyrinthe?«

»Teils aus Zufall, teils aus Neugier. Jemand in der Bibliothek erzählte mir vorhin von dem Buch Ihres Mannes. Ich habe der Person aufs Wort geglaubt.«

»Das ist eine einfache Antwort, mein Herr. Ich gratuliere Ihnen. Jemand anderes als Sie hätte das Thema geschickt angesprochen. Irgendetwas sagt mir, dass Sie nicht wirklich Akademiker sind oder dass Sie sich nur vorübergehend in diese Sphären des Wissens verirrt haben. Was soll's, schließlich sind Labyrinthe für diejenigen gemacht, die sich ganz gern verirren. Wenn diese kleine weiße Göttin mit den Samtpfoten Sie stört, dann verjagen Sie sie ruhig, sie wird es Ihnen nicht übel nehmen. Wo waren wir stehen geblieben? Ach ja, die Labyrinthe. Dann wollen wir mal sehen ...«

Wir gingen über die Treppe in der Eingangshalle. Olivia nahm ganz langsam eine Stufe nach der anderen und schwieg endlich. Im zweiten Stock angekommen, holte sie einen großen schwarzen Schlüssel aus ihrer Schürze, mit dem sie die Tür zum Arbeitszimmer aufschloss.

»Ich komme nicht gern her«, sagte sie außer Atem. »Ich habe viele Leute hineingelassen, und zu viele sind nicht mit leeren Händen wieder fortgegangen. Ich glaube, Abel nimmt es mir da oben ein wenig übel. Er muss sich genau das sagen, was er mir immer wieder gesagt hat, dass ich jedem x-Beliebigen traue. Im Arbeitszimmer gab es einmal eine wunderschöne bemalte Meeresmuschel: verschwunden. Auf dem Regal stand ein Paracasvogel aus Ton: gestohlen. Diese feinen Herren von der Universität schlossen sich mit ihrer ganzen Höflichkeit mehrere Stunden in Abels Arbeitszimmer ein, und nachdem sie wieder fort waren, fehlten, wie durch ein Wunder, immer wieder Sachen. Nachdem ich das begriffen hatte, versteckte ich die wertvollsten Stücke. Ich werde sie einem Museum vermachen. Hier gelassen habe ich nur seine Bücher und seine Notizen, die völlig unleserlich sind, weil er eine ganz in sich verknotete Handschrift hatte, die genauso aussah wie ein Quipu. Sie können sich selbstverständlich in der Bibliothek umsehen, aber um eines muss ich Sie bitten: Setzen Sie sich nicht auf seinen Platz, denn wenn ich Sie später wieder abhole, könnten Sie mich sehr erschrecken. Und seien Sie bitte so freundlich, nichts zu entwenden. Frohes Schaffen, mein Herr.«

Sie schloss die Tür, und ich hörte, wie sie etwas schneller die Treppe wieder hinunter ging. Die Wände des Arbeitszimmers waren mit Regalen zugestellt, die tatsächlich so aussahen, als seien sie geplündert worden. Zwei bis zum Boden reichende Fenster tauchten den Raum in ein schmutziges Licht. Ganze Haufen alter, verstaubter Hefte lagen verstreut auf dem Schreibtisch herum. Eine prunkvolle Stola, die an der Wand hing, war im Begriff, den letzten Rest an Farbe zu verlieren. Neben dem Heizkörper quietschte ein alter Globus furchtbar auf seinem Fuß. Das Meer war bräunlich. Dort konnte man noch lesen:

Magellan-Straße
Land der Großen Männer
Peru

Olivia kam ziemlich bald wieder zurück. Sie schien beunruhigt.

»Haben Sie gefunden, wonach Sie suchten?«

»Nein, aber das ist nicht besonders schlimm.«

»Gehen wir also lieber runter, dann bin ich nicht so unruhig.«

Kurz darauf saßen wir also wieder unten zwischen Katzen und Meteoriten. Ich zögerte, mich von ihr zu verabschieden, sie zögerte, mich gehen zu lassen.

»Ich glaube, Sie wollen mich noch etwas fragen«, sagte sie schelmisch. »Ich spüre, dass es bei Ihnen so ist wie bei meinem kleinen schwarzen Nachbarn. Er kommt her, um sich die Steine anzuschauen, aber in Wahrheit erwartet er etwas anderes. Habe ich nicht recht?«

Sie strahlte wie eine freche Göre.

»Reine Neugierde, gnädige Frau, aber ich fürchte, schmerzhafte Erinnerungen wachzurufen ...«

»Nur zu ...«

»Woran ist Ihr Mann gestorben?«

»Sie wissen es nicht?«

»Nein.«

»Sie sind wirklich ganz anders als alle meine anderen Besucher. Setzen Sie sich wieder in den Sessel mit der karierten Decke. Und schmeißen Sie das kleine Luder runter ... Mein Mann starb an Heldenmut oder Hochmut, ich habe mich noch nicht endgültig festgelegt. Vor elf Jahren kam er auf den verrückten Gedanken, einen der Nebenarme des Madre Del Dios mitten im Regenwald im Süden von Peru heraufzufahren. Gott weiß, warum er es sich in den Kopf gesetzt hatte. Die verschollene Stadt finden, sagte er. Nicht Machu Picchu, eine andere, vielleicht Vilcabamba. Welcher Archäologe hat nicht schon davon geträumt, die letzte Zuflucht der Inka zu entdecken? Wir alle tragen ganz tief in unserem Innern eine Geisterstadt mit uns herum. Aber er hatte einige gute Gründe, daran zu glauben. Er kannte alle alten Chroniken, alle zeitgenössischen Karten, und er hatte genügend Draufgänger um sich versammelt, um die Expedition durchzuführen. Träume werden dann gefährlich, wenn sie im Wachzustand auf genügend reale Elemente stoßen, die sich in die Phantasmagorie einfügen lassen ... Alles, was dann folgte, ist unsagbar traurig. Erst nach drei Monaten fand man eines ihrer Boote in zwei Teile gebrochen auf einem Riff, zweihundert Kilometer von Cuzco entfernt.«

»Sonst nichts?«

»Nichts. Die ganze Zeit blieb ich in einem furchtbaren Hotel vor Ort, von wo aus ich zehn Mal am Tag versuchte, einen Oberst der Luftwaffe zu erreichen und ihn dazu zu bewegen, sein einziges Wasserflugzeug auf die Suche nach den Vermissten zu schicken. Mal war die Maschine gerade in Reparatur, mal war das Wetter zu schlecht. Mit Hilfe mehrerer Zehn-Dollarscheine wurde es zwar besser, aber eben nur für die Dauer eines einzigen Fluges. Ich klopfte beim Konsulat der Vereinigten Staaten an, wo man mich mit dem größten Mitgefühl empfing: Seien Sie versichert, gnädige Frau, dass wir alles in unserer Macht stehende tun werden... Schließlich bin ich wieder nach Hause zurückgekehrt. Es war Spätsommer, das Gras war gewachsen, einige Katzen waren verhungert, andere verwildert. Als ich wieder in unserem großen Bett lag, träumte ich, wie ich nie zuvor geträumt hatte. Ich sah meinen Abel über einer Steintreppe im Gegenlicht der Sonne. Oder ich spazierte allein durch seine verschollene Stadt, durch ihre Tempel, Gassen und das Vorgebirge, alles war aus wunderschönem Stein und perfekt freigelegt, und am Himmel kündigte sich gerade eines der für die dortigen Breiten typischen trockenen Gewitter an. Da ich keinerlei Nachrichten mehr erhielt, bin ich zu Hellsehern gegangen. Sie hatten alle eine blühende Phantasie, und nach jeder Sitzung fühlte ich mich noch niedergeschlagener. Ein einziger dieser Hellseher hinterließ bei mir einen bleibenden Eindruck. Er sah nur ein einziges Bild: meinen Mann, wie er nackt in einer Strohhütte neben einem sieben- oder achtjährigen Mädchen lag. Jedesmal wenn ich zu ihm ging, sah er dasselbe Bild. Nur das kleine Mädchen war mit jeder Sitzung ein wenig gewachsen. Schließlich dachte ich, dass es besser sei, die Bilder Bilder sein zu lassen und den Tod Abels zu akzeptieren, um seine Abwesenheit für mich erträglicher zu machen. Von da an ging alles viel besser. Von Zeit zu Zeit spreche ich mit ihm, und er antwortet mir. Bei manchen Menschen, die gestorben sind, glaubt man, es sei besser, nicht mehr mit ihnen zu sprechen. Das ist schade. Abel gehört zu denen, die einen nicht wirklich loslassen. Man fragt ihn: Was hältst du davon? Und er sagt einem seine Meinung. Manchmal lacht er auch. Er ist ein treuer Gefährte. Ich glaube sogar, dass er wach ist, wenn ich schlafe. Im Grunde genommen habe ich durch seinen unvorstellbaren Tod besser verstanden, dass für jeden der

Tod eines Menschen immer irgendwie unvorstellbar ist. Das ist meine Schlussfolgerung. Und jetzt wissen Sie alles.«

Sie lächelte ohne einen Anflug von Traurigkeit.

»Und wenn er eines Tages überraschenderweise durch das Gartentor käme ...«

»O nein ... So etwas gibt es nur in Geschichten. Stellen Sie sich einmal vor, wie schwer es wäre, sich wieder aneinander zu gewöhnen. Plötzlich wären da wieder sein großer, sperriger Körper und seine Vorhaltungen: die Fenster müssen geputzt werden, die Bettwäsche muss gewechselt werden, der Gartenweg muss geharkt werden, deine Katzen haben schon wieder auf den Bettvorleger gepinkelt, deine Katzen, deine Katzen ... Nein, mein Herr, ich habe zu viele schlechte Gewohnheiten angenommen. Und er auch, da bin ich mir sicher, wird verwildert sein. Schon früher gingen wir im gesellschaftlichen Bereich fast völlig getrennte Wege. Er war nämlich ein verflixter Einzelgänger. Nein, nein, lassen wir diese Vorstellung lieber außen vor. Wir wären ein altes, vergrämtes und zänkisches Paar.«

»Abimaël ...«

»Bitte?«

»Ach nein, nichts.«

Sie hatte verstanden. Sie spitzte die Ohren.

»Mrs. Green ...«

»Ja ...«

»Ich würde gern ein Foto Ihres Mannes sehen.«

»Warum?«

»Ich weiß nicht genau. Seinen Namen mit einem Gesicht verbinden.«

»Fotos lügen, mein Herr. Das müssten Sie eigentlich wissen …«

Trotzdem wühlte sie in einer der unteren Schubladen eines Schreibtisches herum, zog eine alte Mappe hervor, die vollgestopft war mit den verschiedensten Fotos. Darunter viele Museumsstücke: eine Mumie, ein anthropomorphes Figürchen, ein Papageien-Dämon … Zu der Sammlung gehörten auch einige Gruppenaufnahmen. Er posiert, umgeben von Eingeborenen, am Fuße eines Inka-Portals. Auf einem anderen steht er mit anderen zusammen in einer Reihe auf dem Deck eines Dampfers. Und schließlich ist er ganz deutlich zu erkennen, derselbe Mann, der aus einer Gruppenaufnahme ausgeschnitten wurde, um das Bild an Stukowski zu schicken. Hier aber ist das Foto unversehrt. Vier Professoren auf einer Höhe in der vorderen Reihe, drei darüber, allesamt glanzvoll, feierlich und sonntäglich gekleidet. Die Bildunterschrift lautete:

University of P.
History of Art, 19 …

Auf der Rückseite die Namen der Professoren. Von links nach rechts: *Die Professoren Dilinger, Angelbeen, Sumana, Green, Breman, Moley und Spencer.*

Ich frage Olivia, wer dieser Professor Spencer sei. Sie zuckt ganz kurz zusammen. Dann sagt sie:

»Sein Gefährte im Unglück. Wir wollen diese traurigen Erinnerungen nicht noch einmal wecken …«

Sie nimmt mir das Foto sofort wieder aus der Hand, legt

es in die Mappe zurück und sagt dann ganz schnell, so als würde sie das Gespräch so schnell wie möglich beenden wollen:

»Meine kleinen Raubtiere sind hungrig, mein Herr. Ich werde mich von Ihnen verabschieden müssen. Sie haben zwar nicht Ihr Buch über das Labyrinth, aber Ihr Besuch war vielleicht dennoch nicht umsonst. Jedenfalls ist das Labyrinth nichts anderes als eine elegante Art und Weise, das Zentrum der Dinge zu meiden. Abel hätte das wissen müssen. Reiben Sie das Rückenteil Ihres Mantels ab, ich begleite Sie zur Tür. Schauen Sie sich dieses Licht an, sehen Sie, welchen Empfang uns der Himmel bereitet …«

Das Gartentor schloss sich quietschend hinter mir. Ich versuchte mir das Gesicht von Professor Spencer zu merken. Er war weiß, hochgewachsen und trug eine sehr schmale Brille.

Ich glaube, er sah mir ähnlich.

19

Fotografien lügen. Ihre scheinbare Unvergänglichkeit verstellt uns den Blick. Vor der Erfindung der Fotoapparate passte sich das Bild, das wir von uns selbst hatten, unseren jeweiligen Veränderungen an, wir nahmen uns also die Zeit zu leben. Jetzt bleibt uns nichts anderes übrig, als die Diskrepanz zwischen den Dingen zu ermessen … Die Zeit ist zu etwas Feindseligem geworden.

Den Abimaël von damals zu entdecken, in Anzug und Siegerpose, war schon für sich genommen sehr viel trauriger, als einem Horatio zuzuhören, der in seinem entzauberten Palast laut träumte.

Und während ich diesen tiefgründigen Gedanken nachhing, betrachtete ich mich in einem merkwürdigen Spiegel. Das Bild, das er zurückwarf, war zugleich ich und ein anderer. Mein Gesicht war sehr bleich, ich hatte mich gewaschen, gekämmt, meinen Regenmantel, mit Ausnahme des obersten Knopfes, zugeknöpft, so dass meine Fliege hervor schaute, die mir immer ein wenig die Kehle zuschnürt. In meiner Tasche schlug Jack Smells Revolver hin und her, dessen Griff ich von Zeit zu Zeit festhielt, damit das Zittern aufhörte. Durch ein schmales Glasfenster rechts neben dem Spiegel konnte ich die ganze Stadt überblicken, in der mit Anbruch der Dunkelheit die Lichter angingen. Während mein Blick den Spiegel und das Glasfenster erfasste, sah ich, dass mein Spiegelbild sehr schnell aufstieg, so als würde es vom Himmel angezogen werden. Auf dem leuchtenden Display, der sich im Spiegel reflektierte, zogen in schneller Folge Zahlen vorbei. Ich befand mich im vollkommen schalldichten Fahrstuhl von *C&C* auf dem Weg ins oberste Stockwerk des Gebäudes.

Zwischen dem 48. und dem letzten Stock verminderte der Fahrstuhl seine Geschwindigkeit, und mir war völlig klar, dass ich besser nicht hierher gekommen wäre. Ein wohlklingendes Klicken erinnerte mich daran, dass ich schnellstens das Nachdenken sein lassen, die Zähne zusammenbeißen und den Griff meines Revolvers fest umfassen musste, denn die beiden Türflügel des Fahrstuhls öffneten sich gleichzeitig und gaben den Blick frei auf einen behaglichen, in gedämpftes Licht getauchten Gang.

Die Wände waren mit Berglandschaften, indischen Seidenmalereien und japanischen Stichen geschmückt, während von überall her, einem milden Sommerregen gleich, eine eingängige und seichte Musik zu hören war, die klang wie etwas, das man zu hören glaubt, das man aber nie wirklich hört.

Eine hübsche Frau trat auf mich zu.

»Mr. Gründ?«

Sie zuckte fast unmerklich zusammen, so als hätte sie gerade bemerkt, dass sie sich geirrt hatte. Aber ich war Mr. Gründ, und ich war pünktlich. Darüber hinaus war Mr. Buchanan von der Firma *C&C*, genau wie ich, pünktlich und erwartete mich wie vorgesehen um Punkt 19 Uhr. Die einzige Ungereimtheit bestand vielleicht in der Tatsache, dass er, aufgrund nur eines Anrufs und ohne mich zu kennen, überhaupt einem Termin zugestimmt hatte. Merkwürdig, dass man im 58. Stock von *C&C* auf diese Weise seine Zeit verschwendet.

Ich betrat ein großräumiges Büro mit getönten Fensterscheiben, durch die man in den Abendhimmel hinaus sah. Gary G. Buchanan war ein eleganter, schlanker und hochgewachsener Mann um die fünfzig, der typisch britisch wirkte. Hinter ihm saß, das eine Bein angewinkelt, das andere Bein ausgestreckt, eine äußerst hübsche Sekretärin im Profil auf der Kante eines Hockers und sah aus wie eine Grazie von Botticelli, die ein hyperrealistischer Maler mit Gliederarmband und Mini-Lederrock ausstaffiert hat. Sie blickte auf einen leuchtenden Bildschirm unter einer Weltkarte, in der kleine Nadeln steckten, auf deren goldenen Köpfen zwei magische Buchstaben glänzten:

C&C

»Welchem Umstand verdanken wir die Ehre Ihres Besuchs?«, fragte Buchanan. Ich glaube, ihn beunruhigte der Umstand, dass ich keinen Aktenkoffer bei mir hatte, sowie die Art und Weise, wie ich ihn ansah.

Ich stotterte irgendetwas daher. Schließlich sagte ich ihm, dass mir auch nicht ganz klar sei, warum ich ihn treffen wollte, dass ich es aber sehr wahrscheinlich am Ende des Gesprächs wüsste.

Das war eine Lüge, denn ich hatte es bereits herausgefunden. Man brauchte sich nämlich nur ein paar Haare an der hohen Stirn von Gary G. Buchanan hinzuzudenken, sein Brillengestell entsprechend anzupassen, und schon war die Ähnlichkeit mit Professor Spencer frappierend.

Es trat ein Augenblick betretenen Schweigens ein. Die Sekretärin sah mich von der Seite an. Gary Buchanans Lächeln verkrampfte sich ein wenig:

»Kommen wir zur Sache, mein Herr. Sie wollten mir einen Vorschlag unterbreiten. Um was für einen Vorschlag handelt es sich?«

»Ich glaube, ich habe es vergessen.«

Jetzt blickte er verärgert drein.

»Es muss eine Frage der Erinnerung sein«, fuhr ich fort.

»Wie bitte?«

»Es geht um eine eigenartige Frage der Erinnerung, deren einziger Zelebrant ich bin.«

»Ich verstehe Sie nicht, mein Herr. Werden Sie deutlicher.«

Er begann mich mit einem bösen, klinischen Blick anzusehen.

»Könnten Sie mir sagen, wer das folgende Gedicht verfasst hat, Mr. Buchanan …«

»Was für ein Gedicht?«

Aus irgendeinem verborgenen Grund erinnerte ich mich an jedes einzelne Wort des Gedichts. Darüber hinaus meinte ich plötzlich, neben meinem Double zu stehen und mir selbst dabei zuzusehen, wie ich redete. Die Sekretärin vor ihrem flimmernden Bildschirm war völlig verblüfft. Im

Hintergrund begann ein Drucker leise zu piepen und unterlegte so die Worte des Gedichts mit seinem absolut übernatürlichen maschinellen Einverständnis.

»Wieder und wieder werde ich dieses Wasser betrachten, das mich verbittert, zum Waisen und kinderlos gemacht hat. Ich wollte sein flüssiges Gitter durchdringen. Ich dachte, dass ich es bezwingen könnte, und müsste ich dafür aus meinem Körper auch einen Steeven machen. Aber das Wasser lässt sich nicht bezwingen, es teilt sich, wenn es ihm beliebt, und schließt sich wieder nach eigenem Gutdünken. Es kann demjenigen freundlich gesonnen sein, der sich mit ihm in ruhigen Becken vereinen mag, aber es kann auch über denjenigen lachen, der seinen Lauf zu bändigen sucht. Demjenigen, der es eindämmen will, beschert es Überschwemmungen ...«

»Ist das ein neues Kommunikationsverfahren, mein Herr?« unterbrach mich Buchanan mit rauer Stimme. »Oder sind Sie vielleicht einfach nur ein Dichter?«

Seine ganze Verachtung staute sich in dem letzten Wort der Frage. Auf dem Grund dieser Verachtung tummelten sich wahllos: die Drogenabhängigen, die Verrückten, die Haitianer, die Taschendiebe, die Dichter.

»Ja, vielleicht Dichter, Mr. Buchanan.«

»In diesem Fall müssen Sie sich in der Adresse geirrt haben. Würden Sie also jetzt bitte aufhören, uns zu belästigen. Guten Abend.«

Ich erhob mich von meinem Stuhl, beugte mich zu ihm herüber und flüsterte ihm zu:

»Professor Gary Spencer ...«

Er reagierte sofort darauf, riss die Augen weit auf und fragte ungläubig:

»Was haben Sie da gesagt?«

»Sie sind nicht Professor Spencer, nicht wahr? Ich muss mich wohl tatsächlich in der Adresse geirrt haben ...«

Er war ganz blass geworden und stammelte mit zittriger Stimme.

»Wer ... Wer sind Sie, mein Herr?«

»Niemand, seien Sie ganz beruhigt. Abgesehen davon werde ich Sie nicht weiter belästigen. Aber es war stärker als ich. Ich gab einer Art morbider Neugier nach. Ich wollte sehen ... Wie soll ich mich ausdrücken? ... Nein, entschuldigen Sie mich bitte, mein Herr. Auf Wiedersehen ..., auf Wiedersehen.«

Wir waren beide gleichermaßen erschrocken. Ich glaube, er entdeckte einen gewissen Gary Spencer wieder, der sich von einer Gruppenaufnahme davongestohlen hatte, deren einziges Exemplar er vernichtet zu haben glaubte. Und ich blickte dem Tod direkt ins Gesicht. Ich sagte mir, dass er hier sehr viel angenehmer, sehr viel netter wäre als bei Jack Smell. Hier würde ich mich mit ihm fast in angenehmer Gesellschaft befinden. Hinter Buchanan erwachte die Sekretärin mit ruckartigen und kurzen Halsbewegungen zum Leben, während der Drucker wieder die leisen kratzenden Geräusche von sich gab. In der Totenstille hörte man, wie der Regen gegen die Scheiben schlug.

Mit dem Fahrstuhl stürzte ich wieder hinunter ins Erdgeschoss. Zehn Mal, hundert Mal glaubte ich zu spüren, wie ein Geschoss in meinen Rücken einschlug, aber das war natürlich nur eine taktile Halluzination und ich stand aufrecht, immer noch vollkommen aufrecht, eins geworden mit der allabendlichen Menschenmenge, die die U-Bahn bestieg und in alle möglichen Himmelsrichtungen davonfuhr. Gegen 22 Uhr hatte ich meine Gedanken wieder so weit geordnet, dass ich mir selbst die meiner Wohnung am nächsten gelegene Haltestelle vorsagen konnte. Als ich mich jedoch nur noch wenige Meter von meinem Haus allein in der Straße befand, hörte ich, dass mein Schritt ein Echo hatte. Es war ein anderes Paar Schuhe, mit Eisen beschlagen, ein kürzerer, schnellerer Schritt, so als wäre mein eigener Schritt das Ticktack meiner Uhr und der andere Schritt mein immer schneller schlagendes Herz. Ich wartete, dass die Schritte sich näherten. Jetzt war das Gefühl der Kugel im Rücken geradezu physisch, buchstäblich spürbar, ganz deutlich. Auch mein Verfolger blieb stehen. Sein Atem direkt in meinem Nacken.

20

»Ich verstehe, dass Sie es eilig haben«, sagte Smell mit seiner rauen Stimme. »Der Chef hat Ihnen drei Tage gegeben, jetzt bleibt Ihnen nicht einmal mehr ein halber. Mag er auch noch so gutmütig wirken, der Chef sieht es überhaupt nicht gern, dass man herumtrödelt, wenn es um ernste Angelegenheiten geht. Darüber hinaus würde er Ihnen gerne etwas sagen und erwartet Sie in seinem Büro. Ich habe den Auftrag, persönlich dafür zu sorgen, dass Ihnen unterwegs auch ja nichts zustößt.«

Beim letzten Wort winkte Smell ein Taxi herbei, gab die Order: Swamp Street und setzte sich wortlos neben mich. Am Ziel angekommen, zahlte er das Taxi, fuhr aber nicht mit hinauf. Der alte Fahrstuhl brachte mich schwerfällig in den sechsten Stock. Anatol Stukowski war in eine dichte Rauchwolke gehüllt.

»Machen Sie das auf«, brummte er übellaunig.

Sein Schreibtisch war leer geräumt worden, um Platz zu schaffen für einen glänzenden schwarzen Plastiksack mit einem Reißverschluss über die ganze Länge.

Ich öffnete ihn einige Zentimeter. Ein Knäuel rotes Fell, ein widerlicher Geruch, ich begriff sofort.

»Ein Tropfen hat gereicht«, erläuterte Stukowski. »Ein

Tropfen und ein mittelmäßiger Wein – das ist es doch, was Sie sagten, nicht war: mittelmäßig? –, das alles ihrem Futter beigemischt. Das Ergebnis ließ nicht lange auf sich warten. Ich habe zwei Dinge daraus geschlussfolgert. Erstens: Sie haben mich belogen. Zweitens: Ich mache Sie persönlich für den Tod von Gladys verantwortlich.«

»Katzen sind keine Menschen, Mr. Stukowski.«

»Versuchen Sie nicht, mich hinters Licht zu führen, Mr. Gründ. Die Sache ist ernst. Sie haben mein Vertrauen missbraucht. Ich habe Sie mit einem einfachen, schnell zu erledigenden Auftrag betraut, und Sie schleppen die ganze Angelegenheit unendlich lang mit sich herum, so wie man seine Schwermut oder seine zweifelhafte Vergangenheit mit sich herumschleppt. Man schickt Sie in die Elendsviertel und beobachtet Sie dabei, wie Sie aus den vornehmen Wohnvierteln zurückkommen. Auf Ihre Bitte hin verändert man das Verfahren, und es passiert immer noch nichts, rein gar nichts. Diese ganze Geschichte ist genauso niederschmetternd wie ein Krimi, in dem nie ein Schuss fällt, die Waffe eine Ladehemmung und der Held Gefühlsanwandlungen hat. Ich scherze nicht, Gründ. Ich will, dass dieser Zirkus ein Ende hat und Sie mir genau sagen, wie weit Sie sind. Wenn ich Sie noch einmal beim Lügen erwische, dann verspreche ich Ihnen, dass Sie wie diese Katze hier enden werden, im Innern einer schönen Viskosehülle mit Reißverschluss und kleinem Nummernetikett ... Habe ich mich klar ausgedrückt?«

Als mein Chef seine Ausführungen beendet hatte, war in meinem Rücken ein leises Türquietschen zu hören.

Damit verbunden ein frischer Luftzug und Parfümgeruch. Helena Lawson betrat das Zimmer. Sie hielt sich sehr aufrecht, trug die zerstreute Sanftheit der schönen Unbeteiligten zur Schau. Mit zusammengepressten Lippen streifte sie mich kurz mit einem abwesenden Blick. Vergessen die wilden Liebesspiele, vergessen die Vertraulichkeiten. Mit solchen Frauen sollte man nie über Liebe sprechen, das Töten wird dadurch nur noch grausamer. Sie setzte sich ein wenig abseits, um dem Massaker beizuwohnen, ohne sich einzumischen. Die Muster auf den Tapeten waren keine Blütenblätter oder wilden Pinselstriche mehr, sondern die Spuren blutiger Finger.

»Die Wahrheit ist, dass ich eben alles zu gut machen möchte, Mr. Stukowski.«

»Wie bitte?«

»Ich bin ein Opfer meines Perfektionismus. Ich glaube, dass Gift keine perfekte Lösung ist, weil es zu viele Spuren hinterlässt. Ganz zu schweigen von der 9-Millimeter, ein völlig veraltetes Verfahren. Sie haben mich mit einem Verbrechen beauftragt, und ich will, dass es perfekt ist, so bin ich nun mal.«

Stukowski riss die Augen ungewöhnlich weit auf. Helena zeigte erstauntes Interesse.

»Und was ist ein perfektes Verbrechen, Mr. Gründ?«

»Ein Tod, der bei niemandem Verdacht erregt. Er gehört der Ordnung der Dinge an. Man sollte sogar den Eindruck haben, als sei er schon seit einiger Zeit überfällig. Sein Eintreffen erleichtert.«

Meine Stimme klang seltsam. Es war nicht wirklich

meine eigene. In Folge desselben Phänomens, das ich schon beim Hersagen des Gedichts in Gegenwart von Buchanan bei mir beobachtet hatte, erlebte ich ein weiteres Mal eine Art Verdoppelung meiner selbst. Vielleicht der Überlebenstrieb. Nicht ohne darüber zu erschrecken, hörte ich mich in Jack Smells Tonfall sprechen. Er hatte den Ton für mich vorgegeben, die Worte kamen nach und nach:

»Es gibt genauso viele perfekte Verbrechen, wie es Todesarten gibt, Mr. Stukowski. Deshalb bedarf ein solches Verbrechen auch der entsprechenden Vorbereitung. Es erfordert eine gewisse Kenntnis des Betroffenen sowie einige Annäherungsverfahren. Ich weiß, dass Sie das ungeduldig macht, aber schließlich zählt doch einzig und allein das Ergebnis.«

Stuki zerdrückte nervös seinen Zigarrenstummel.

»Perfektes Verbrechen, perfektes Verbrechen ...«, murrte er. »Davon liest man in Büchern. Ich pfeife auf die Theorie, Gründ. Wie beabsichtigen Sie vorzugehen?«

»Das kann ich Ihnen nicht sagen.«

»Ich will aber, dass Sie es mir sagen.«

»Ich kann nicht.«

»Wie begeht man ein perfektes Verbrechen«, erkundigte sich Helena mit arglos klingender Stimme.

Sie richtete ihren eiskalten Blick auf mich.

»In der Schrift heißt es doch: Wer durch das Schwert gesündigt hat, wird durch das Schwert gerichtet. Wir arbeiten alle auf eine dunkle Art und Weise an unserem Tod. Ich kannte jemanden, der eine Flasche Vinho Verde zu seiner Lebensgefährtin gemacht hatte und daran langsam zugrunde ging. Den Tod auf dem Grund dieser Flasche zu platzieren, war nichts anderes, als die Immanenz zu stärken, den Lauf der Dinge zu beschleunigen. Niemand hat blutverschmierte Hände. Man macht das Schicksal verantwortlich, beweint den Verstorbenen, ein perfektes Verbrechen.«

Helena wurde blass.

»Ich verstehe kein einziges Wort von dieser Geschichte mit der Sünde und dem Vinho Verde«, brüllte Stukowski.

»Hören Sie, es ist ganz einfach …«

»Geben Sie ihm eine Chance«, unterbrach Helena mit zittriger Stimme.

»Aber …«

»Anatol, ich sage Ihnen, geben Sie ihm eine Chance!«

Der dicke Mann griff nervös nach einer weiteren Zigarre, zündete sie an, sah ein letztes Mal zu seiner Partnerin herüber und schloss endlich:

»Also gut, Gründ. Wir verabreden uns für morgen früh, letzter Termin. Ich setze Ihnen Smell auf die Fersen.«

»Ich möchte allein sein, Mr. Stukowski«

»Lassen Sie ihn allein«, sagte Helena gereizt.

»Gut, gut … Ich streiche Smell. Aber versuchen Sie nicht, mich zum Narren zu halten, Sie haben keine Chance. Ich erwarte Sie morgen um zehn Uhr.«

»Elf Uhr, Mr. Stukowski.«

»Elf Uhr, Gründ.«

Ich ging die Treppe hinunter. Jemand anderes nahm den Fahrstuhl. Draußen hörte ich wieder das Echo meiner Schritte. Es klang jedoch eiliger, heller als die beschlagenen Schuhsohlen von Jack Smell. Ganz dicht hinter mir war das

Parfüm von Helena Lawson. Sie packte mich an den Schultern und drehte mich gewaltsam um, drückte ihre Lippen auf die meinen, küsste mich wütend mit ihrer messerscharfen Zunge, eine überreife Frucht, die man aufschlägt, eine schwarze, giftige Schote.

21

Diesmal brauchte ich ihn nicht zu suchen. Chenga hatte mir in der Eingangshalle des *Paradise Loft* aufgelauert.

»Du musst unbedingt kommen«, keuchte sie.

Sie ging mir im Laufschritt bis zum Labyrinth der ehemaligen Lagerhäuser voraus. Abimaël versteckte sich am Fuß einer moosbewachsenen Treppe, nur wenige Stufen über dem plätschernden Wasser. Dort saß er, vielleicht schon seit Stunden, wie versteinert, die Hände über die Ohren gelegt. In ihrer typischen Art eines Dschungelmädchens schmiegte sie sich an ihn. Er bewegte sich ein wenig, bemerkte meine Anwesenheit, streckte seinen Arm in meine Richtung und griff meinen Ärmel, ohne mich anzusehen. Nachdem er mich eine ganze Weile lang so festgehalten hatte, versagte ihm die Stimme. Er wusste, dass ich ihm etwas zu sagen hatte. Und er wusste auch, dass es schwierig sein würde.

Ich rang um die richtigen Worte. Ich erzählte von Olivia, ihren grünen Augen, der Glyzinie, die nahezu die gesamte Fassade bedeckte, den Katzen, den Meteoriten und der alten Stola aus roten Federn, die der Staub aus dem geplünderten Arbeitszimmer bedeckte. Je länger ich redete, um so mehr hatte ich den Eindruck, dass sich ihm diese zunächst weit entfernten Bilder nach und nach einprägten und die Erinnerung an weitere Einzelheiten freisetzten, die einen tiefen Schmerz in ihm auslösten. Er hörte mir verstört zu, atmete stoßweise, erinnerte sich langsam wieder an das Haus, die knarrenden Treppen, das durch die niedrigen Fenster eindringende Licht, den Garten, wie er einmal war, die verbrauchte und dünne Stimme Olivias, ihre Schalkhaftigkeit und ihre Träume. Anfangs traute er sich nicht recht, mich zu unterbrechen, aber dann konnte er seine Neugier nicht mehr unterdrücken. War aufgewühlt. Fasziniert vom Bild mit ihm und der heranwachsenden Kleinen in der Strohhütte. Wollte noch einmal den Traum hören, in dem Olivia ziellos in der verschollenen Stadt umherläuft. Wie war sie, diese Stadt, welches Bild hatte sie von ihr? Ich wusste nicht, was ich antworten sollte. Ich erzählte von engen Treppen, verwinkelten Gässchen … Er fragte weiter nach, vermochte die Flut der Bilder nicht mehr zurückzuhalten und stammelte unverständliche Worte. Dann sprang er mit einem Satz hoch, stieg die Treppe hinauf und begann mit großen, unsicheren Schritten die alte Landungsbrücke abzumessen, wobei er mit den Händen die Zipfel seines Mantels festhielt, so als würde ein starker Wind wehen. Schließlich blieb er in einiger Entfernung von uns stehen und starrte zu den Lichtern am anderen Ufer hinüber.

Er sprach mit Olivia.

Ich verstand ihn schlecht. Es klang wie eine angeregte Unterhaltung, etwa so, als würde er an seinem Gartentor stehen und jetzt eine alte Rechnung begleichen müssen. Von Zeit zu Zeit verstummte er, um sie antworten zu lassen. In

Anbetracht der Länge seines Schweigens muss sie ihm ausführlich geantwortet haben. Sie scheute auch nicht davor zurück, ihn zu unterbrechen, denn manchmal begann er einen Satz und hielt abrupt wieder inne. Nach einiger Zeit beruhigte sich ihr Ton, wurde normal. Man konnte sich vorstellen, wie sie in der Nähe des Kamins saßen, er in seinem Sessel mit der karierten Decke, sie träge zum Mittagsschlaf ausgestreckt, gemeinsam damit beschäftigt, in Halbsätzen ihre Erinnerungen aufzufrischen, wie es die Alten so gut verstehen. Vom Inhalt ihrer Unterhaltung habe ich keine genaue Vorstellung, die Worte bezogen sich nicht recht aufeinander, es war ein einfaches, flüchtiges Geplapper: ich hatte es dir gesagt, ich weiß, schau, du hättest mir glauben sollen … Hierzu gesellten sich hin und wieder die Universität, ein unauffindbares Manuskript, eine Karte von Recio de Leon und natürlich Spencer, dieser verfluchte Spencer … Dann lachte er. Olivia brachte ihn mit ihrer hohen, schelmischen Stimme zum Lachen. In der mondlosen Nacht lachte er aus vollem Herzen wie ein Irrer, der sich wieder erinnert. Schließlich drehte er sich um die eigene Achse und bemerkte meine Anwesenheit.

Seine Stimme klang befreit.

»Wie sagte sie doch, Mr. Gründ? Wir wären ein altes …«

»… vergrämtes und zänkisches Paar.«

Er ließ die Worte ausklingen und sagte dann:

»In meiner merkwürdigen Erinnerung sah ich ein großes, leeres Haus, das ein wenig dem ähnelte, das Sie mir beschrieben haben, nur noch leerer. Manchmal hörte ich im

Innern des Hauses ein Lachen, und ich spitzte die Ohren, um es zu orten, aber es erstarb sofort. Dank Ihnen verstehe ich endlich, woher dieses Lachen kam. Ich fange an, Olivia zu sehen, so wie ich meine, dass sie mich sieht. Sicher bin ich noch weit weg von ihr, auf der anderen Seite des Gitters, während sie ganz klein auf der sonnigen Freitreppe steht. Ich denke, die Entfernung des Gartenwegs ist unüberwindlich, aber es reicht, dass wir füreinander da sind und uns ansehen.«

Er nahm meine Hand.

»Vorhin hatte ich sehr große Angst vor dem, was Sie mir sagen würden. Ich wusste im Voraus, dass Ihre Worte mir sehr weh tun würden. Es sind Orte, an denen ich seit langem nicht mehr gewesen bin. Ich musste mich erst wieder an sie gewöhnen … Auch bei unserer ersten Begegnung haben Sie mir Angst gemacht. Jetzt möchte ich meinen, dass Sie eine Art Abgesandter meiner lange zurückliegenden Vergangenheit sind. In meinem Alter glaubt man nicht mehr an zufällige Begegnungen. Ich bin Ihnen dankbar dafür, dass Sie der sind, der Sie sind, Mr. Gründ.«

Er hielt lange Zeit inne.

»Ich suchte etwas. Es hat mich gefunden, ich brauchte nur zu warten. Ich glaube, mein Umherirren hat ein Ende.«

»Was wollen Sie sagen?«

»Dass es nicht ganz leicht wird, Mr. Gründ. Dass Sie ein wenig Mut benötigen. Aber dass es besser so ist.«

»Was?«

»Zu tun, was Sie tun müssen.«

»Ich verstehe nicht …«

»Sie haben Ihnen doch einen Auftrag gegeben. Wenn Sie ihn nicht erledigen, kennen sie keine Gnade mit Ihnen. Sie sind jung, ich dagegen bin am Ende meines Weges angelangt. Was auch immer passiert, ich werde bald an der Reihe sein. Sie würden einen anderen, sehr viel effizienteren als Sie engagieren. Tun wir also, was sie von uns verlangen. Jedenfalls sind die Sachverhalte, über die sie die Kontrolle haben möchten, vollkommen bedeutungslos.«

»Wer sind sie?«

»Unwichtig. Würde ich mich an einen Namen erinnern, brächte uns das auch nicht weiter. Er hätte sich verändert, wäre in die Horde der Namenlosen eingetaucht. Derjenige, der mich umbringen will, ist vom Tod besessen. Er ist eins mit ihm, er sät ihn aus Gewohnheit, unerbittlich.«

»Spencer …«

Ich merkte, wie er zusammenzuckte. Er unterbrach mich mit dumpfer Stimme:

»Wenden wir uns von diesen Masken ab, hinter ihnen verbirgt sich nichts.«

»Warum wollen sie Sie umbringen?«

Seine Hand lag schwer auf der meinen.

»In meinem Innern hatte ich, versteckt im Dschungel, eine Stadt, in der die riesigen Bäume die Kuppel der Tempel durchbrachen und sechzig Meter hoch kerzengerade in den Himmel wuchsen. Diese Stadt war eine der letzten von Tahuantinsuyu. Wenn mich jemand umbringen will, dann deshalb, weil er meine Stadt entdeckt haben muss, sich selbst die Entdeckung zuschreiben will und fürchtet, dass ich seinem Ruhm schade. Oder es ist ihm im Gegenteil wichtig, dass niemand etwas von der Stadt erfährt. Vielleicht hat er dort genug Gold gefunden, vielleicht gibt es genug Geld zu verdienen, dass meine Existenz ihn beunruhigt. Gold, Geld oder Ruhm, den Rest der Geschichte können Sie sich selbst ausmalen, Mr. Gründ. In derlei Angelegenheiten reicht schon ein klein wenig Erinnerung, ein Name auf den Lippen, und man wird zu einer unliebsamen Person. Schlechte Neuigkeiten also. Wenn sie mich umbringen wollen, werden sie mit meiner Stadt oder dem, was von den goldenen Statuen Tahuantinsuyus übrig geblieben ist, nicht lange fackeln. Das Gold war im Dschungel verstreut, bewacht von einer Handvoll wehrloser Männer, die sich in ihren Hütten einige wenige entwürdigte Worte des Reiches weitergaben. Mein Tod beschließt mithin einen der letzten Akte der Eroberung. Als die Spanier in Cuzco eindrangen und die Bibliothek der Inka mit ihren in goldenen Rahmen gefassten Quipus sahen, haben sie sich auf die Rahmen gestürzt und die Knotenschnüre des Wissens öffentlich verbrennen lassen, und damit vielleicht auch die schönsten Legenden, aber das werden wir nie erfahren. Ich wollte ein Legendenjäger sein und habe eine Horde Goldgieriger hinter mir her geschleift. Es ist immer dieselbe schmerzliche Geschichte. Wie blind ich gewesen sein muss, dass ich nicht den Goldgierigen erkannte, der mir wie ein Schatten folgte … Und jetzt hat er mich wiedergefunden. Sie müssen zugeben, dass die Erinnerung grausam ist.«

Trotzdem lächelte er.

»Jetzt sind Sie an der Reihe, Mr. Gründ. Sie sind kein Mörder, aber das große Rad zieht Sie mit. Ich will nicht, dass es Sie überrollt. Wenn es mit mir aus ist, kümmern Sie sich um meine kleine Wilde. Ihnen gehören die Goldplättchen ihrer Augen. Bewahren Sie sie sorgsam auf und achten Sie darauf, dass Ihnen niemand folgt, der sie eines Tages zu Geld machen könnte, es sind die letzten Goldklümpchen von Tahuantinsuyu.«

Er lächelte immer noch.

»Auf jetzt, Mr. Gründ. Sie haben etwas von Ihnen verlangt …«

»Nein.«

»Denken Sie einfach, dass es nun einmal so ist, es ist erledigt, belanglos …«

»Ich könnte es nicht.«

»Geben Sie mir die Waffe, ich kümmere mich darum …«

»Gehen Sie fort, Abimaël … Gehen Sie fort! Ich werde sagen, dass ich Sie habe verschwinden lassen.«

»Und wie?«

»Im Fluss.«

»Sie werden die Flussufer absuchen. Sie werden Beweise von Ihnen verlangen.«

»In den Klärbecken.«

»Unmöglich. Der Beckenboden wird jede Woche einmal gereinigt.«

»Ich erfinde etwas anderes: Feuer.«

»Nein, das passt nicht zu Ihnen, Mr. Gründ. Das alles passt nicht zu Ihnen.«

»Wenn man Sie nicht findet, müssen sie mir wohl glauben.«

»Sie haben ihre Augen überall.«

»Geben Sie mir irgendetwas, das Ihnen gehört, das dient mir dann als Beweis.«

»Beweis wofür? Dass wir uns einen Augenblick lang nahe waren … Glauben Sie etwa, dass sie Ihnen glauben werden?«

»Geben Sie mir Ihre Metallplakette.«

Er suchte in seiner Tasche nach der Erkennungsmarke und warf sie lässig auf die Erde.

»Das wohl überflüssigste Ding überhaupt …«

Chenga hatte sich neben uns gesetzt, ihre Augen leuchteten in der schwächer werdenden Dunkelheit.

»Nehmen Sie Ihren Mut zusammen«, beharrte Abimaël mit sehr tiefer Stimme.

»Gehen Sie fort!«

»Nein. Kein Schrei, tun Sie es einfach, Sie mögen mich, Sie halten meine Hand …«

»Gehen Sie fort, Abimaël. Oder ich bringe mich um.«

Der Revolverlauf steckte in meinem Mund.

Er wich zurück, zögerte einen Augenblick, entfernte sich einige Schritte, trat dann wieder auf mich zu, lächelte etwas zittrig, fuhr mir mit der Hand ganz behutsam durch die Haare, berührte sie kaum, so als würde er fürchten, damit den Schuss auszulösen.

»Mehr Behutsamkeit mit sich selbst«, empfahl er. »Es soll Ihnen nichts Schlimmes zustoßen. Auf Wiedersehen, Mr. Gründ. Ich gehe so weit wie möglich fort.«

Wenige Sekunden später war er nur noch eine Silhouette, die in der ersten Morgendämmerung am Fluss entlang läuft. Chenga folgte ihm mit einigen Metern Abstand.

Als sie in Höhe der riesigen weißen Tanks waren, wurden sie freudig von Vogelschwärmen begrüßt. Von dem Moment an waren sie nur noch zwei winzig kleine Punkte, und schließlich nur noch ein einziger, der mit dem roten Körper der aufgehenden Sonne verschmolz.

22

Stukowski stellte mir keine einzige Frage. Wortlos sah er mir zu, wie ich die 9-Millimeter-Pistole, das Fläschchen und die Erkennungsmarke mit dem Namen A. Green auf den Schreibtisch legte. Völlig kommentarlos forderte er mich auf, wieder in meine Kammer zu gehen, wo der Kompilator und ein Stoß zu vernichtender Akten auf mich warteten.

Hinter der lichtdurchlässigen Scheibe glaubte ich etwas später den Schatten von Jack Smell zu erkennen, der Mann sprach leise, damit ich ihn nicht hören konnte. Seine Silhouette schien sich einen Augenblick lang auf mich zuzubewegen, und ich wurde von einem Gefühl der Angst gepackt. Aber er verschwand. Der Kompilator verschlang die Akten mit gesundem Appetit, er schien nach der langen Fastenzeit ausgehungert zu sein. Durch das kleine Dachfenster meiner Kammer hindurch sah ich die Schüssel der Katze, die bis oben hin mit Wasser gefüllt war, weil es geregnet hatte. Gegen elf Uhr dreißig brachte mir Stukowski einen Brief zum Tippen:

Lieber Buchanan,
Sie können die Angelegenheit, mit deren Bearbeitung Sie uns freundlicherweise betraut haben, mit dem heutigen Tag als er-

ledigt ansehen. Wir werden Ihnen auf dem üblichen Wege die Beweise zukommen lassen, die den Abschluss der Angelegenheit in Ihrem Sinne belegen. Nach deren Erhalt würden wir Sie bitten, den ausstehenden Betrag an uns zu überweisen.
Ihr ergebener Stukowski.
P.S. Windstärke 4. Herrliches Wetter.

Gegen Viertel nach zwölf öffnete Stukowski, ganz seiner Gewohnheit entsprechend, einen Spalt breit seine Tür und verströmte überall seinen Tabakdunst. Ich hörte wieder das Geräusch zerknüllten Papiers und die vertraute tiefe Stimme:

»Sie sind stark, Gründ, sehr stark …«

Er machte eine lange Pause.

»Sie sollen wissen, dass ich ab einem bestimmten Moment an Ihnen gezweifelt habe. Man muss sagen, dass Ihre Methode langwierig ist und mir diese Seite an Ihnen unbekannt war. Wie dem auch sei, am Ende hat sich alles überraschend zum Guten gewendet.«

Er biss ein erstes Mal in sein Sandwich, kaute gierig und sagte dann:

»Selbst Jack Smell ist beeindruckt. Vor allem von der Präzision, der Professionalität. Ihm zufolge ist der Tod um fünf Uhr heute morgen eingetreten.«

Wieder Kaugeräusche. Er redete mit vollem Mund:

»Ein Betrunkener, der sich in die Tiefe stürzt, ein Landstreicher, der am Fuß eines Tanks aufschlägt, und nicht der kleinste Hinweis auf die Beteiligung eines Außenstehenden. Ich sage Ihnen, es wird keine zwei Tage dauern, bis sie den

Fall zu den Akten legen. Gute Arbeit, Gründ. Die Penner begeben sich in die Höhe, die Betrunkenen stolpern, der Ort und die Zeit passen. Ich fange an, Ihre Geschichte vom perfekten Verbrechen zu verstehen.«

Laute Schmatzgeräusche und wohliges Grunzen. Der Zahnstocher wird zur Hilfe herangezogen. Die Zunge fährt nach und reinigt.

»Sie sagen ja gar nichts, Gründ!«

»Ich höre Ihnen zu, Mr. Stukowski.«

»Helena gestand mir vorhin: Wir haben Leonard unterschätzt. Es war zweifellos wegen der Katze. Vergessen wir diesen Schatten über unserer Zusammenarbeit. Ich schlage für heute Abend ein großes Versöhnungsessen vor. Sie, ich, Helena. Gute Hausmannskost. Ich kenne ein wunderbares kleines Restaurant am Hafen. Was halten Sie davon?«

»Keine schlechte Idee, Mr. Stukowski.«

»Das ist mehr als keine schlechte Idee. Glauben Sie mir, Gründ, ich bin sicher, dass wir gemeinsam Großes vollbringen werden ...«

Er begann müde zu werden. Zehn Minuten später schnarchte er wie immer mit in die Ohren des Sessels zurückgelegtem Kopf und weit aufstehendem Mund. Auf dem Schreibtisch lag zerknülltes Papier, meine umgedrehte Akte, die ihm als Unterlage diente, sowie die halb volle Flasche Saint-Amour, an deren Hals noch ein Tropfen herunter rann. Die Phiole stand nicht weit davon. Ich näherte mich lautlos, öffnete das kleine Fläschchen und gab drei Tropfen des Inhalts in den Wein. Dann nahm ich meine

Akte, ging wieder in meine Kammer und stellte den Kompilator an.

Das Geräusch der Maschine muss ihn geweckt haben. Er räusperte sich kurz und brummte dann:

»Was ist denn los, Gründ?«

»Ich bin sofort fertig, Mr. Stukowski. Ich bin sofort fertig.«

23

Nur wenige Schritte vom Wasser entfernt waren unterhalb eines riesigen Tanks die Umrisse eines Menschen mit Kreide auf den Asphalt gezeichnet. Im Verhältnis zum Körper wirkte der Kopf, der wie nach einer enormen Anstrengung zur Schulter hin geneigt war, ziemlich groß. Die Arme ähnelten Flügeln. Dem Polizeiinspektor war sicher nicht aufgefallen, dass er einen Engel gezeichnet hatte, da er zu sehr mit den Einzelheiten und den zu erledigenden Formalitäten beschäftigt war. Und im Übrigen würde der erste Regen diese sich dem Zufall verdankende Zeichnung auslöschen.

Oben auf dem Tank, in sechzig Meter Höhe, wartete Chenga am Rande des Abgrunds. Ich erklomm die unendlich lange Leiter bis zu der runden Plattform, die gleichzeitig als Verschluss diente. Die Plattform war von einer schmalen Balustrade eingefasst, und es fegte ein lauer Wind darüber hinweg, der das Wasser der dort stehenden Pfützen kräuselte. Ich rief Chenga mehrmals, aber sie schien nichts zu hören. Zusammengekauert starrte sie unbeirrt auf den Fluss.

Es war dunkel geworden, die Sonne war nach und nach mit dem rostbraunen Dunst verschmolzen, der die Stadt bedeckte. Hin und wieder fuhren große Lastkähne lautlos in Richtung Mündung. Hinter dem Gewirr der Kräne, in einer leichten Biegung des Flusses, erkannte man den geneigten Rumpf der *Columbus*.

Die Sterne begannen langsam die helle Plattform zu umkreisen. Bei Tagesanbruch drehte Chenga sich um, und ich konnte sie im Profil sehen. Sie hatte ihre Wangen mit Ruß beschmiert und betrachtete die aufgehende Sonne.

Die Sonne hatte Kraft an diesem zweiten Tag. Je weiter sie aufstieg, um so stärker erhitzte sie den Tankkörper. Gegen drei Uhr stand Chenga auf, ich folgte ihr, sie ging in Richtung Unterlauf des Flusses. Am Abend ließ sie sich auf einer Böschung nieder, und ich konnte mich neben sie setzen. Sie wehrte sich noch nicht einmal dagegen, dass ich ihr den Ruß von der Wange wischte. Demnach trug sie mir nichts nach, machte sie mich für nichts verantwortlich. Im Ruß zeichnete sich keine Tränenspur ab. Ihre Augen waren ganz einfach tot, leblos. Wir legten uns hin, ohne jedoch Schlaf zu finden. Wegen der Kälte mussten wir noch vor Tagesanbruch wieder zurück. Ein an der Straße gelegenes Motel war noch beleuchtet. Weiter weg stand eine gigantische Raffinerie mit funkensprühenden Öfen und einer silbernen Pipeline, die am Fluss entlangführte, um schließlich einen Bogen zu einem Terminal zu beschreiben, an dem Dutzende Tankwaggons warteten. Von dort an wucherte überall Gras, Stechginster klammerte sich an den Zement der Uferböschung, und in den Schrägen sprossen Baumgruppen.

Chenga begann zu reden. Ich glaube, wir gingen denselben Weg zurück, den sie mit ihm zusammen vier oder fünf Jahre zuvor gekommen war, und das war es auch, worüber sie reden wollte: ihre Reise. Hierdurch gab sie der unseren eine Richtung. Für Chenga beschrieb die Zeit immer einen großen Kreis. Die Gestirne umkreisten die Erde, so wie sie einen Tag und eine Nacht lang die weiße Plattform umkreist hatten. Ihr Bruder starb, als er den Fluss hinauffuhr. Wir bewegten uns entlang eines anderen Flusses in Richtung Meer.

Ihre Reise hatte tief im Regenwald begonnen. Eines Tages, als sie noch nicht viel größer war als ein Rhesusaffe, hatte sie seinen Körper gefunden, der vom Callanga ans Ufer gespült worden war. Als er die Augen öffnete, konnte er sich nicht zwischen Leben und Tod entscheiden und blickte um sich, ohne zu verstehen. Sie war es, die ihm Lianen aus Worten in der Machiguengua-Sprache hinhielt, damit seine Seele sich daran festklammern konnte: der Wind, die Erde, der Maniok, der Baum und die Sonne Inti … Später haben die *Madereiros*, die Waldarbeiter, ihr Land besetzt und Brückenköpfe am Callanga errichtet. Da war er mit ihr über den Fluss geflohen, dann über die Straße, schließlich über das Meer, im Frachtraum eines Schiffes, das viermal so groß war wie die *Columbus*. Sie kamen in einem Hafen dieses Landes an und liefen genauso weiter, wie wir jetzt liefen. Die Sonne geht auf, die Sonne geht unter. Ein anderes Mal würde sie mir die Geschichte ihres Dorfes erzählen und mir einige Wörter ihrer Sprache beibringen. Nachdem sie dies gesagt hatte, legte Chenga ihren Kopf auf meine Schulter und wir betrachteten den Abend.

Am nächsten Tag erreichten wir die Außenbezirke einer anderen Stadt. Die Ufer waren mit einem Villenviertel zugebaut, weshalb wir gezwungen waren, uns in dem Labyrinth hübscher Straßen und Wohnhäuser zu verlieren, von denen jedes einzelne, von außen nach innen betrachtet, über seinen Zaun, sein Gärtchen, seine sorgfältig gestrichenen Mauern und den blauen Bildschirm eines Fernsehers verfügte. Wir aßen auf dem Hügel, der diesen reichen Vorort überragte. In der Ferne erkannte man die Oberkante der Leuchtreklame eines Drive-in-Lokals, das sich gegen einen bläulichen, klaren Himmel abhob. Chenga bemerkte, dass die Menschen hier diese Sonne des Überflusses anbeteten und die Rückkehr der wirklichen Sonne vielleicht nicht mehr lange auf sich warten ließe, denn wenn man sie genau betrachtete, begannen die Menschen tatsächlich den Steinen zu gleichen, und das alles waren Vorzeichen eines Epochenwandels: Pachacuti. Da dachte ich, dass sie wohl die Worte Abimaëls wiederholte, und ich sagte es ihr. Sie antwortete mir, dass man seinen Namen noch nicht aussprechen dürfte, noch nicht. Man dürfe lediglich sagen: unser Freund oder unser Vater, die Trauer habe gerade erst begonnen.

In dieser Nacht träumte ich, ich stünde in der Mitte einer Gruppenaufnahme neben Doc Watson, Jack Smell, Anatol Stukowski, Helena Lawson, Harry Laverdure und Gary Spencer. Wir standen alle still und waren sonntäglich gekleidet, so als hätte ein Gelegenheitsfotograf uns auf einer Familientrauerfeier abgelichtet. Vor der Gruppe stand die alte Weltkarte Abimaëls, die stellenweise von braunen

Flecken überzogen war, die anfingen, Schriftzüge, Ozeane und Küstenlinien zu überdecken. Als ich mit Chenga über meinen Traum sprach, hörte sie mir sehr aufmerksam zu. Ich brauchte ihr nicht zu sagen, dass es mir schlecht ging und mich so etwas wie Gewissensbisse quälten. Dass ich schließlich immer ein kleiner Mann gewesen bin und die Geschichte, die ich erlebt hatte, entschieden zu groß für mich war. Sie sah mich schweigend an, und ihre Augen waren zugleich traurig und vertrauensvoll. Sie schien mir zu sagen: Man muss bewahren und vertreiben, vertreiben die bösen Träume und Trauerfotos, bewahren das Gold meiner Augen, mich, Chenga, die dich ansieht, bewahren meine Goldblättchen, du brauchst nur meine Augen, damit der Weg weiterführt.

Der Fluss wurde zunehmend breiter. Die Sterne leuchteten einer nach dem anderen auf. Auf unserem Weg um die Stadt entdeckte Chenga auf einer Mülldeponie ein altes, mottenzerfressenes Bärenfell. Wenn wir eng aneinander rückten, konnte es uns beiden als Decke dienen. Von da an schliefen wir jede Nacht in der Hand des Gottes, der sie zum Lachen brachte: Tasorintsi.